老衲作品集❸

上卷

流與離之島

老衲——著

Content/目錄

Pro. — 008

Chapter. 01 — 011

Chapter. 02 — 017

Chapter. 03 — 022

Chapter. 04 — 027

Chapter. 05 — 032

Chapter. 06 — 038

Chapter. 07 — 043

光影——「山中隱士與神鬼戰士」— 049
根葉——「古代武林的拳根理論」— 052
Chapter. 08 — 058
Chapter. 09 — 063
Chapter. 10 — 072
Chapter. 11 — 081
Chapter. 12 — 088
Chapter. 13 — 097
Chapter. 14 — 104
Chapter. 15 — 112
Chapter. 16 — 119
表裏——「明代與清代的拳法差異」— 126

發力——「武學中發力的秘中秘」—— 129
Chapter. 17 — 134
Chapter. 18 — 141
Chapter. 19 — 148
Chapter. 20 — 153
Chapter. 21 — 158
活殺——「武功中的殺人刀與活人劍」—— 164
結散——「怎麼區分剛勁、柔勁，陰勁與陽勁？」—— 169
Chapter. 22 — 173
Chapter. 23 — 178
Chapter. 24 — 183
Chapter. 25 — 188

Chapter. 26 — 193
手槍——「說說那位自稱是手槍隊隊長的長輩」 — 200

流與離之島

Pro.

慕容前輩當年交代，他一生所學雖雜，但可以分為陸路拳法，水路拳法，與山路拳法三種，其他的如摔跤，八卦，楊家槍，自然門等等，都視為旁門輔助，蓋因他一生武藝以用為主，而用字當以使用場景為主。

而慕容前輩這三路拳法呢，又可以總結為三個字，分別是「騙」、「縫」、「震」，在陸路拳法中，可以大開大闔，也可以近身纏鬥，總之是遠踢近打貼身摔，按照距離不同採取不同的攻擊方式，不過這話說來容易，若一真打起來，多半是兩人拚拳而已，一靠誰比較耐打，二靠誰力量比較大，慕容前輩道，千萬莫小看如此拚拳，俗話說亂拳打死老師傅，便是這種型態，這是人類的打架本能狀態，若不懂這般亂拳的挨打與硬打，那形同連最基本的本能也不會，根本不用談拳。

懂了亂拳，接下來便要知道「騙」字訣，懂了騙字，拳法運用起來如有神助，變化之妙存乎一心，能打一個巧字，能拚能騙，往後再多學技巧多磨體能，這便是陸路拳法的根本。

可是這騙字雖好，但在水路之上，船艙之內，論起技擊又是另一個狀況了，船艙內空間狹小而搖晃，故動手應以「縫」字為先，發拳出腳均要細小隱蔽，重心不可移動過多，手法不能大開大展，要能見縫插針，要能鑽縫就打，還要能尋縫求生，出手沒有回頭路，但要能在不知不覺中切縫卸力，故以「縫」字為上。

慕容前輩講完陸路拳法與水路拳法，又講了一種山路拳法，慕容前輩身經百戰，他說在崎嶇山路上動手，好比在樓梯間打架，一步也錯不得，而且極為危險，若是你出拳打倒對手而對手摔倒之際趁機扯你一下，你便隨著他滾落山坡；那是有去無回之路，贏了一招，輸了生命，是下下之策。單說發拳已然如此，那論到用摔法則更須小心，在山路崎嶇間要拿對手摔對手，一個不注意，便與對手雙雙滾下懸崖峭壁，一命嗚呼，還打什麼。

所以在山路上動手，講求一個「震」字，不管是發拳用肘，還是近身靠摔，都要有一個「震勁」，有此震勁可以將對手震離我身，拉開安全距離，才能免於互搏中為敵拉扯滾倒，先求立於不敗之地，再求克敵致勝，故而山路拳法，講究一個「震」字。

慕容前輩說，他曾與一李宗仁將軍麾下，手槍隊中的高手學過拳，那路拳法套路頗多，不過慕容前輩歸納起來，得一個「震」字，蓋因南方山多崎嶇，山路拳法，應以震字為上。

說到這「震」字訣，實在是很有意思，老衲原來將慕容前輩的話奉為圭臬，後來遇上朱四爺爺，才知道完全不是那麼一回事兒，而說到朱四爺爺，又是另一個故事，容老衲慢慢敘來。

說話當年老衲考上高中之後，覺得眼前的一切，都嶄嶄如新，天空是藍的，草地是綠的，校園廣闊，令人心曠神怡，豈知入學才沒幾天，竟給老衲遇上一件校園霸凌事件。

Chapter. 01

老衲讀的高中，校園內的西側有一棟老校舍，約莫是日據時期的建築，樣式極老，頗有味道，老衲向來不喜人煙，常常在放學後躲在這西側校舍看著日落發呆，那天也是合該湊巧，老衲在傍晚時走過那西側校舍時，發現廁所裏傳出一陣打罵聲，那間西側校舍的廁所極大，極舊，可那天窗頗美；平日是很少有人去那裏上廁所的，老衲步行經過，一聽有人聲雜吠便知是出了事，當時也沒多想，一推廁所木門進入。

還記得那廁所是個馬蹄半圓的造型，內裏極為寬廣，小便斗圍著半圓邊邊，當中是舊式洗手台，老衲一進去，便看到七、八個學長樣的人，圍著一圈，對著圈內人亂罵，老衲一推門，木門咿呀，那群學長都轉過頭來看著老衲，幾個學長人高馬大，彼此對望一眼，都沒說話，然後是一個高胖子罵道：學弟，沒你的事，滾出去。

「學長好，俺想尿尿。」老衲曾聽慕容前輩說，緊張的時候想尿尿，不如就給他放鬆尿出來，也不打緊，所以聽到學長叫老衲出去，老衲一緊張，想尿尿，於是據實以告，報聲歉，便要穿過學長群，逕自去小便斗上尿尿。

那些學長大概一時間也拿不定主意，這學弟是誰，又或者是否真的想尿尿，俗話說吃飯皇帝大，屎尿皇后大，阻了人家屎尿可不好，不自覺便退了開來，讓老衲走將過去，老衲這一走過去，才發現他們圍著的人早已倒在地上，制服上血跡斑斑，捲曲著瘦瘦小小的身子，倒在地上喘著氣，但他一對目光閃亮，泛著金棕色的光芒，盯著圍著他的那圈學長們，像是一匹荒野中受傷的野貓。

老衲那時哪見過如此場面，嚇了一跳，可能尿還閃出兩滴，雖然害怕，但老衲心想，他奶奶的，俺好歹也算是個習武之人，見義勇為是我輩中人當行之事，哪有退縮的道理，於是鼓起勇氣便問，「學長，你們這麼多人打一個……小個子啊？發生甚麼事了？」

那些學長們你看看我我看看你，都沒說話，原來他們帶頭的卻是一個矮瘦表情卻兇狠的傢伙，那個矮瘦而凶狠的學長走向老衲，說，「你知道我是誰？」老衲搖搖頭道，「學長好，俺才剛剛入學，不知學長大名，還望告知。」

也不知老衲這句話到底說錯哪裏，那群欺負人的學長間爆出一陣轟笑，彷彿在取笑一件世界上最好笑的事情，「天啊，他是白癡，連張教練的兒子都不知道！」「他是張狂，他爸爸是台北市拳道總教練，你不知道？」「他媽的智障學弟，你在玩泥巴的時候，張狂就已經在玩雞巴了啦！」「幹，不是玩雞巴啦，是打比賽啦！」那群學長七嘴八舌地說著老衲聽不懂的話，尤其是泥巴與雞巴，那句話是甚麼意思甚麼比喻？老衲當時完全聽不懂。

老衲瞄了一眼倒在地上的……那位小個子，制服上血跡斑斑，可是鼻血不多，心想，嗯，這群人手上肯定有持武器，否則不可能空手打出這麼多血來，但是當時正是日落之際，夕陽泛起橘黃色光暈，透過西樓廁所的天窗映進廁所，真看不清學長們手上到底有拿甚麼東西。

正在老衲如此想時，張狂學長走上前來，以幾乎臉貼著臉的距離在老衲耳邊狂吼，老實說，他到底說了甚麼，老衲那時害怕過甚，已經完全不記得了，只記得他吼完幾句，突然退後兩步，隨即右手一晃，往老衲的左邊太陽穴打將過來。

那一幕老衲真的一輩子忘不了，老衲當時心情是很害怕的，可是見到張狂右手一閃而下，老衲的左手自動反應，切他右手脈門，隨即右拳往他臉上打出，那張狂學長萬萬料想不到老衲會有如此反應，他的右手被老衲一切，位置稍偏，力道也緩，只輕揮在老衲的左邊鎖骨上，他隨即頭一偏側，退後兩步，沒被老衲的右拳打中。

說得遲，那時快，這一切說來複雜，但都在一瞬間完成，張狂學長退後之際，地上啪得一聲響，原來是他右手中握的一件東西掉在地上，老衲撿了起來，是一塊塑料上嵌著一根長釘，一抹鎖骨，有血，脖子上已被這根長釘劃破，老衲眉頭一皺，問張狂學長道：「學長，你是拳道教練的兒子，手上還需要拿這種東西打人？」

其實老衲此問一點沒有冒犯之意，當時老衲年紀小，論武功只知道慕容前輩等等，以為所有人功夫都是那麼好，不用走奇門詭道，真不知道張狂學長若是從小打拳道比賽，為何欺負人手上還要帶著暗器？那張狂學長也不知如何回答，嘴上罵罵咧咧，老衲只記得他最後一句話是，你高中三年完蛋了，我會整死你，然後就帶著一眾學長走了。

老衲聽張狂學長一行人步聲走遠，這才鬆了口氣，將那小個子從地上拉起，問他道，你沒事吧？再一看他班號，便知他與老衲同屆，又問他道，才進學校沒幾天，你怎麼就惹火學長啦？

那小個子對老衲問的話一句沒答，嘴巴緊緊抿著，啥也沒說，老衲道，「你眼珠是黃色的耶！」，那小個子雖然是華人面孔，可一對眼珠特別，棕橙近黃，不知混了甚麼血統，他抹抹臉上的傷，拍拍身上道，「教我。」「教你？教你甚麼？」「教我武功。」「俺不會武功。」，那小個子搖搖頭不信，說，「你剛剛那一下拍開他手中的釘子，很帥，那就是武功。」

老衲聽了此言，哈哈大笑，解釋說道，「俺只是最近剛好在練手法，碰巧撞上；不過練手法這玩藝很有意思，把鐵砂袋綁在手上練，然後再在牆上固定彈簧棒來練，都是慕容前輩教的方法，如此而已，根本不算武功。」

那小個子皺了皺眉頭，「彈簧棒？為什麼要對著彈簧棒練？慕容前輩又是誰？」

「慕容前輩是一個長輩，他說，對著木棍練手法很好，不過他後來看了西方器材以後，又做了改良，他教我說可以改用彈簧棒，有彈性的，一壓會彈回去的那種，這樣練手法無論是一按還是一掛，它都會保持著韌性與支撐，就好像人的手一樣會抗力，練起來更加逼真，如果沒人對練的時候，可以跟彈簧棒練，」老衲邊講邊比劃，又補充一句，「但這不是真正的武功啦，只是一些招式手法而已，不算甚麼。」

「不管那是甚麼，它救了你，也救了我。」小個子道，「你叫甚麼名字？」「嘿，俺姓老名衲，人稱老衲，不過年紀比我大的前輩，都喊俺小衲，你呢？你叫甚麼名字？」那小個子的制服上只留著班號，原本該繡名字的地方，早就被勾破了。

老衲一眼望去那小個子被勾破的制服位置，臉色一紅，不好意思地將眼光轉了開去，岔開話題說道：「嘿！你不覺得……這間高中很是古怪，這班號不是仁愛禮智排班也不是甲乙丙丁排列，而是從創校之初便以數字堆疊式累加；這一加下去簡直無法無天，未來班號加到幾千甚至幾萬，恐怕也是指日可待之事。」

那小個子卻不理會老衲的尷尬沒做手腳處，只是用他的黃眼珠盯著老衲很久，似乎想從眼神中判別老衲這人是好是壞，不過他最後還是放棄了。

「我叫李桐九，很高興認識你，老……老衲。」

他伸出手來與老衲重重地握了下手；老衲笑了，也重重地回握了他。

當時，老衲根本不知道這小個子黃眼珠的李桐九，最後會是老衲活這一輩子最懷念的朋友。

Chapter. 02

老衲的高中時代，很有意思，彷彿很多事情同時都在那時啟動。

在老衲上高中的前幾年，家中的長輩陸續過世，而上高中的前一年，老衲老爹的中醫師父也因急症過去了，老爹處理完他師父的後事之後，帶了一個很漂亮的女學生到家中，與老娘攤牌。

「我跟她的事，妳應該早知道了，之前是因為爸爸媽媽都還在，不想讓他們傷心；現在他們都走了，師父也走了，我想請妳放我自由。我一輩子沒有享受過愛情，現在我愛她，她愛我，我不想被一張紙綁住一生。」老爹說的話很平穩，但這幾年，老衲與衲妹早察覺家中的氣氛不對，只是老娘始終裝作若無其事，雖然天天與老爹吵架，但那些關鍵的字關鍵的話，從來沒有說出口。

老娘一貫的撲克臉，冷冷地回：「你的爸爸媽媽走了，我的爸爸媽媽卻都還在；你這麼做，你很自私。」

老爹雙手一攤：「我沒辦法，我覺得從來沒有人愛過我；現在好不容易有她愛我，我很幸福。」他滿不在乎地答道。

老娘緊緊捏著手上的紙，不發一語，好久之後才說：「你早就計畫好了，前幾年你告我，說我虐待婆婆，還想讓孩子們上法庭作證，就是為了今天這一步。」

老爹搖搖頭：「我媽跟妳不合不是一天兩天的事，妳別摻和在一起。」

衲妹在旁邊看看老爹，又看看老娘，哇地一聲哭了起來，問：爸爸，這位漂亮的姊姊是誰？那漂亮的姊姊接口：妹妹，我是阿姨，別叫我姊姊。

「這兩個孩子你都不要了嗎？」老娘一把抱起衲妹，又指著老衲道：「這孩子當初生出來的時候，長得最像你……你當時多開心？天天把他架在脖子肩上說，不辱祖宗、不辱祖宗，我們老家終於有後了。」老娘抬頭看著老爹，又道：「那些話，你通通都忘記了？」

老爹語氣慵懶：「算命的說，我還能有兩個男孩子。」

老娘看著老爹如此反應，面色有些發青，轉過頭來又問老衲與衲妹：「你們怎麼說？」

衲妹那時年紀雖小，卻已長得水靈，可是遇上事情便哭，與現在不拘小節到有點豪邁不羈的個性大不相同，老衲也沒經驗過這事，在一旁說不出話來。

老爹見老娘逼問俺兄妹倆，只好也跟著問，「你們有甚麼要問的？都可以問。」

「爸，沒人要問你甚麼，這世界並不是以你為中心在轉。」老衲忍不住說道：「誰稀罕你啊？家裏你要回就回要走就走，還以為全世界都像媽媽一樣神經兮兮地跟著你？俺隨便問你一句，你知道俺生日幾月幾號？最近考上甚麼厲害高中？又或者是，考你一題簡單的好了——光這個禮拜，你知道俺睡在家中幾天？」

老衲小時候對長輩說話完全是百無禁忌的，無論年紀多大，都是平輩論交，誰也不看在眼裏，現在想想，真不知道這種叛逆感是打那兒來的。

「我、我哪知道你這禮拜有沒有回家睡？這禮拜我們學校工作……」老爹有些支吾。

老衲打斷老爹，「是啊，這禮拜你們學校工作忙，可是俺已經至少三四年時間，常常都在外頭睡過夜，你知道嗎？」俺接著又嘆了口氣：「老實說，你在外面那點破事兒，長眼睛的誰看不出來？不過就是睡了一個中醫科的女學生嘛，利用人家的崇拜心理……哼，反正俺是大大的不屑。」老衲才剛說完，臉上熱辣辣地一片燙，原來老爹忍不住出手給了俺一巴掌。

老衲彼時正是少年叛逆期，心道你竟然敢出手，就不要怪俺再給追加一句，「說不過便打人啦？打人有甚麼？遲早有一天，俺打得過你你打不過俺的，可俺不會像你，學中醫學到家破人亡，俺學武功，是永遠不會用來打家人的。」

老爹瞪著老衲，氣呼呼地說不出話來，最後才道：「家裏的房子我準備賣掉，以後你跟誰住？是我還是你媽？」

老衲看看老爹，再轉頭看看老娘，心想，老娘這幾年看俺的眼神變了，誰叫老衲長得跟老爹像，女人嘛，最容易觸景傷情，老衲站起身來，道：「媽媽需要妹妹陪，不過俺不需要一個沒長大的爸爸照顧，你們零用錢記得定期匯進來俺的戶頭，俺走了。」

隔天，老衲與桐九說起此事，桐九不但沒安慰老衲，反而歡呼起來，道，老衲你搬來跟我與奶奶一起住！老衲搖搖頭，說，俺從來不跟別人一起住，而且跟你一起住……這……只怕不太方便……只是可惜，俺原來借住的地方，離咱高中太遠，不然也不會要找你商量。

桐九聽完，微微一笑，說，不跟我一起住可以，我們家旁邊還有好幾棟破木屋子，都是我奶奶管的，現在裏頭都還沒人住，你搬來挑一間，在我家隔壁住下，彼此也有個照應。

老衲當時心想，好吧，至少不是又要寄人籬下，「搬去可以，不過這事不是你說了算，俺得先去拜見你奶奶，她得同意才行。」桐九見到老衲點頭，樂得仰天大叫，直拉著老衲轉圈圈；老衲見他開心成這樣子，不禁苦笑，有些人巴不得與有些人住，有些人卻巴不得不與有些人住。

與其說心隨境轉不如說心隨人轉。

於是第二天，老衲便隨桐九去見了李奶奶。

Chapter. 03

李奶奶住的地方很妙，恰巧在老衲高中附近的一片夜市當中，從一條小路進去曲曲折折，迎面而來的是一塊大鐵門，桐九拿出鑰匙，打開鐵門，裏頭是一塊小院子空地，周圍圍著的都是那種日據時代的木造平房。

桐九說，那些都是舊時代的軍警宿舍，分配給退休軍警住的地方，屬於一個神秘的單位掌控，有時給退休軍人，有時給退休警察，具體分配規則說不一定，而那神秘單位的總負責人與他奶奶相熟，所以那塊院子旁的木屋宿舍，若要分配給誰，都一定要李奶奶點頭才可以。

桐九家在那處院子的最深處，門是木門，窗戶是木條窗戶配舊式霧玻璃，一敲就破的那種老玻璃，而且稍有風吹就嘰嘰作響，屋頂用的也是現今見不到的舊紅瓦，泛著一絲日據時代的古舊味道，很是奇特。

桐九敲敲門，一推門，道，奶奶我們回來啦。

老衲跟著桐九的身後進門，先將木門帶上，脫好鞋，抬頭一看，才第一次與李奶奶朝相。

老衲原來一直聽桐九奶奶奶奶地叫，還以為至少是一個六七十歲以上而且老態龍鍾的老太婆，豈知完全不是，李奶奶身材苗條，穿著一襲典雅大方的素色旗袍，眼角雖然看起來有些年紀，鬢角也都花白，可絕對看得出，年輕時她是一個絕色美人，一雙細長眼睛靈動，唇角擦著彤色，艷而不媚，儘管美人略顯遲暮，但身段仍保持著年輕時的狀態，瘦而高，起碼一米六八的身高亭亭而立，旗袍岔開，露出穿著絲襪的白皙長腿，若按照現代詞語，李奶奶便是個「美魔女」，只可惜那時並無如此銷魂術語。

「桐九，這便是你講的老衲啊？」李奶奶走上前來，要與老衲握手，她說話軟軟綿綿的，後來老衲才知道那便是吳儂軟語，馳名天下的上海腔調。

老衲那時正在讀《鹿鼎記》，看到如此美人，即令資深了些，但實在是絕色，忍不住翻身拜倒，咚咚咚給李奶奶磕了三個響頭，李奶奶吃了一驚，笑道，「老衲你做甚麼？」「李奶奶好，您真是美女，老衲生平前所未見，好比韋小寶見了陳圓圓，給您磕幾個響頭，好比向觀音菩薩磕頭一般。」

李奶奶掩著嘴笑，說，「早就不靈囉！」，把老衲扶起，老衲就近一看，才知道李奶奶擦了厚厚的胭脂雪粉，才把歲月的痕跡都蓋了下去，心想女人真累，如李奶奶這般美人，還是逃不過皮相的束縛。

「來，坐，桐九，你去給老衲泡茶。」

李奶奶拉著老衲坐下時，老衲見到她手上一只墨玉手鐲，既透且玄，包漿厚潤，不是凡品；心底打了個彈指，想到慕容前輩曾經提過的一件軼事，於是老衲手指一掐一圈，用青幫見長輩的禮節，又向李奶奶行禮。

果然不出老衲所料，李奶奶一見那手勢便懂，笑著把老衲的手給推開，道，「現在不是那時代了，別搞這個，」轉頭又對正在泡茶剔葉的桐九說道，「桐九，你這朋友很不一般哪，小小年紀，連青幫的玩意都出來了。」

「李奶奶別見怪，俺曾聽一慕容前輩說，上海有一豪門出身的李公子，氣派非凡，武功絕頂，又在青幫地位崇高，臨死之前，曾識有一位紅粉知己，當時李公子知道已沒多少時日，便送了這紅粉知己一只墨玉手鐲，作為定情與別離之物，剛剛看到李奶奶的……」

豈知老衲話還沒說完，李奶奶已經揮手示意停下，站起轉身走入後堂，甚麼話也沒說。

老衲那時哪懂得人情世故，想到甚麼便說甚麼，不知李奶奶為何轉身便走，桐九也好奇，湊上來說，老衲你說甚麼，是不是惹奶奶生氣了？不過我從沒聽過她說我爺爺的故事，只知道奶奶說她很小便懷上了我爸爸，然後我爸爸與媽媽又很早就有了我，可是我長大之後，卻從沒見過我爸爸與媽媽……兩人正在說間，李奶奶又從內堂走了出來，扔給老衲一件東西。

老衲伸手一接，沉甸甸的，原來是塊棉絨布包著的東西，李奶奶揮揮手要老衲打開，老衲與桐九對望一眼，打開一看，原來裏頭又是塊和闐玉，這塊和闐是水玉帶黃皮，而帶黃皮的部分，正巧被做成一隻「魚化龍」的龍鱗部位，作工頗富巧思，通體溫潤，很是古色古香。

「老衲，我聽桐九說，你的奶奶已經過世了，若是你不嫌棄的話，我便認你做乾孫子，你以後叫我奶奶就好，別李奶奶李奶奶地叫，聽著生份，這隻魚化龍，是奶奶給你的見面禮，咱們江湖中人，禮數可免，心意可不能不到。」

老衲手上握著那隻魚化龍，心潮一陣激動，啥也沒說，再翻身咚咚咚給李奶奶磕了響頭，只道，「奶奶好，謝謝奶奶。」

奶奶嘆了口氣，說，老衲我見你有緣，何況我這些破事兒，不知多少年沒人提起了，今天真是不知打了甚麼運道，居然從你口中再給提起，哎，風雨故人來，多少回憶湧上心頭，挪，桐九你也坐過來聽聽，奶奶當年到底是怎麼認識你爺爺的。

Chapter. 04

故事說到這裏，本來是要接著講奶奶究竟說了甚麼，但是老衲曾聽香港的「那位先生」說（即《慕容前輩的水路拳法》中的那位先生），說故事，不可拘泥成法，故事的時間線要可以隨意調動，忽遠忽近，顛三倒四，看官們看得才有趣，因此老衲先跳過這段，日後再說。

總而言之，老衲與奶奶一見如故，套一句宮二姑娘說的話：「世間所有的相遇都是久別重逢」，奶奶就像俺親奶奶一樣，對老衲視若己出，在她的木屋子旁邊，給老衲安排了一間小破木屋，挨著桐九家住下。

老衲住的那間木屋雖破，但已經是那院子中除了桐九家之外最齊整的一間了；在當時，能有地方住，又有長輩與桐九相伴，還有甚麼話好說。於是老衲便在此間住了下來，度過少年時期最開心歡樂的高中三年。

其實現在想想，那間破木屋很有意思，可以一說，很多人奇怪，說老衲不感恩，人家給你木屋住，你還嫌它是破屋，其實老衲叫它是「破」木屋，一點也沒有貶損之義，它是真破，不是形容。比如說，外頭只要下大雨，老衲的屋子裏頭必下小雨，而且不只一處，得用三個水桶分別接著才行，而且，那三小雨處水量頻率不同，桶子也得對應，兩處用小桶，一處用大桶，若是整夜下雨不斷的話，還得在睡前將桶倒空再接，否則隔日醒來，屋內地上必是水澤一片，拖鞋垃圾桶等物漂浮肆流，不可收拾。

除了此三處漏水之外，那破木屋的後庭廚房邊上，還從地底冒出一顆大樹，根深葉繁，足有二三人合抱寬度，地板上磁磚水泥碎裂，盡是被那粗厚而曲折的樹根所掙裂的，而廚房的屋頂開了一個大洞，讓那顆大樹冒出屋外，形成一片樹蔭遮頂，那塊地方，若是下小雨還不怕，畢竟屋頂雖然未封嚴實，可至少樹蔭枝葉繁密，已擋一層雨，所以雨還漏不進來，可是若下大雨，那水會跟著樹幹流進屋內，那便是遮也遮不住、擋也檔不住了，老衲當時只能想到一方法，便是在樹根處鋪滿乾毛巾，層層疊疊，以供吸水，盡量保持屋內乾爽。

其實這些都不算甚麼，破木屋住起來最嚇人的，還是屋內蟲蟻甚多，每到夏季，飛蟻橫空不說，而四季到頭，喇牙壁虎跳蚤之流都是常見之客，老衲那時常常一覺睡醒，身旁牆壁上便是一隻喇牙，出門前一穿鞋，鞋子裏啪茲啪茲的聲音不斷，脫開一倒，原來都是蟑螂朋友。

萬幸，奶奶住的那片院子木屋群落旁，有一怪人極愛養貓，各種流浪怪貓都給他蒐羅回來，免費供應每日三餐，而且這養貓怪人的養貓之法極怪，他從不限制貓咪出走，門房都是打開的，他養的貓常常半夜在老衲屋瓦上奔跑嬉戲，運動叫春，吵得老衲半夜睡不著，可是那批貓咪雖然干擾人，還是有一好處，就是那片土地上方圓五里之內絕無老鼠，全給那養貓怪人所豢養的貓群給獵殺殆盡，老衲生平最怕老鼠，想那破木屋雖破，可是並無老鼠，還是可以一住。

（真沒法細數他究竟養了多少隻貓，不過見那陣仗，老衲瞎猜至少有一兩百隻之數。）

（這養貓怪人也是一妙人，但與主題無關，有空再寫。）

（又記：這養貓怪人原來的住處，現今開著一間專門賣貓的店鋪，其中因緣真不可言說。）

不過，那破木屋雖破，但實在是溫馨，奶奶知道老衲喜歡彈琴，不知去拜託甚麼人，弄來一具老鋼琴，還是底下有木檯子的那種，防潮防濕，那琴琴音雖舊，但音律調性倒也還在點上，奶奶喜歡票戲，男女都能，生旦淨末丑皆通，又拉得一手好二胡，常常拿譜來叫老衲伴奏，老衲雖然琴藝不高，不過應付著幾個和弦還過得去，每到周末無事，便在家中開小型音樂會，老衲彈琴，奶奶唱劇，甚麼《蘇三起解》《四郎探母》，都是常見，奶奶原本閨名李秀，後來她嫌這名字太俗氣又太柔弱，國難當頭，女人也應當奮起，不做嬌滴滴的哭娃，所以她改名李劍，以示雖是巾幗，卻也不讓鬚眉。

奶奶說她年輕時扮花旦是一絕，可是女人總叫人瞧不起，所以她後來《紅鸞禧》《鳳還巢》《得意緣》都不唱了，只唱男戲，尤其愛扮老生，像是諸葛亮的「我本是臥龍崗上一散淡的人，論陰陽如反掌，保定乾坤……」，她說這齣戲氣勢非凡，諸葛孔明疏懶瀟脫不羈於世，是絕代的風流人物，又或者是喬國老的「勸千歲殺字休出口……你殺劉備不要緊，他弟兄聞知是怎肯罷休……」，那喬國老的老臣拳拳之心，與東吳當時政治詭秘各山頭互相角力的隱隱殺機，由奶奶這般資深美豔女子的口中唱來，又是別有一番風味。

每到周末，原來只是老衲與桐九與奶奶聚著，後來有時老衲的高中時期女友桔梗也來過夜，而更後來常常呼朋引伴，每到佳節，老衲與桔梗與桐九的同學好友們，便來這片小破木屋前烤肉賞月，喝酒彈琴。

這小破屋雖破，但人情溫暖，彼此肝膽相照，如此住處實在已是仙境，遠勝住在豪奢巨宅可是家人間情感疏離不通一氣兒，老衲當時想《陋室銘》中說得真對，山不在高，有仙則名，水不在深，有龍則靈，此地雖是破屋，但有老衲桐九與奶奶在，還有桔梗常常來打邊爐蹭飯吃，真已是人間仙境桃花源，更別求何地呢？

Chapter. 05

老衲住在那破木屋期間，也抽空教桐九拳法，老衲當時其實也不會甚麼拳法，就是小時候很多怪人叔叔們教的東西而已，有慕容前輩教的，有成叔叔教的，也有孫老師教的東西，反正老衲想到甚麼便教，桐九便學，學了之後，桐九便與老衲拆招對練，兩人年紀雖小，卻常常打得不亦樂乎。

其實當年老衲考上高中以後，便想從此封印武功，因為老衲小時候讀了福爾摩斯與亞森羅蘋，後來又讀了金庸倪匡古龍與亦舒，深深為這些大作家的絕代風采所迷，老衲常常與桐九說，這東西教你便教你了，你好好去練，老衲是不喜歡練功的，小時候沒辦法，被老爹逼著去學逼著去練，現在俺好不容易脫離老爹魔掌，按俺的天性，是最討厭這打打殺殺的東西的，俺就想專心寫小說，前進演藝圈，做一個名利雙收如大仲馬之類的風流大作家，你別逼俺練拳。

那時桐九聽老衲如此說法，總是苦勸，道，老衲你也不想想，你從小出身武功世家，又有多位族中長輩或奇特緣分加持，你不練，誰練？這些東西都是好東西，難道你便忍心讓它們失傳絕傳？

「哎，說老實話，這些東西終究是有人會去傳的，只是不是俺傳而已，誰傳下去，又有何干？」老衲總是如此回應，可是桐九不買單，他說，「老衲，我不說別的，我現在就沒錢，沒辦法去外頭的拳館道館練拳，你不教我陪我練，我找誰去？」老衲嘆了口氣，好朋友如此相逼，老衲再不下海，真不是人，也只好捨命陪桐九了。

這李桐九是個怪人，跟老衲性格完全不一樣，他甚麼東西學到手，一定要完全練上身才能罷休，練功之瘋狂遠非老衲所及，連老衲跟著他一起坐公車，他等公車時也在站牌旁邊比劃，上了公車，也會用手臂靠撞車上的扶手鐵桿，讓旁人側目而視，但他絲毫不覺，我行我素至於極點，老衲那時被桐九感染影響，不知覺也會模仿起他的習性，現在偶爾也會不管路人目光，在陪老妻坐地鐵或逛百貨公司時，忽然想到拳訣，立時手舞足蹈一番，常被老妻大賞以白眼，說到根源，這都是被桐九害的。

不過，那時桐九跟老衲練拳，其實一開始是為了張狂學長一行人時常會去挑釁他，每次那學長帶人挑釁，雙方必打，打過幾次，他們發現桐九開始不太一樣，進退有據，出手快捷，並不是那麼好欺負，張狂學長也就意興闌珊，不太找桐九麻煩，這時倒是桐九開始主動找學校內的武功高手試技，他說二年級有一個練過拳擊的學長，極其厲害，動作不多，可是一拳打在他腹上，讓他從早餐連同昨夜晚餐一起吐了出來，而當時三年級又有一個人稱超級怪物的大學長，留級七年，體格本占優勢，又練過角力，桐九與怪物學長交手，完全是大人弄小孩兒，要他東就東要他西就西，桐九試了幾次，始終找不到那怪物學長的角力破綻。

桐九輸了手，回頭找老衲討論，他說老衲教的陸路水路山路拳法，拳法本身是好的，但他體格太差，又瘦又小，無論拳藝練得再精，遇上本力大的高手仍然要吃虧。

「俺說桐九，你說這不是廢話嗎？否則各式武功比賽，又為啥要分量級啊？」老衲站著說話不腰疼，每次聽桐九如此抱怨，必要奚落他一番。

但桐九不認為是這樣，他說，「古人打架，也沒分量級，你不可能林野倉促之間遇敵，還跟對方說體重不相等的，一定有辦法克服。」

「辦法？辦法是有的，你把自個兒也練壯嘛，叫你拉單槓你拉了沒？」

桐九哼了一聲，「公園裏所有可以取得的簡易器材我都練了，單雙槓，跑步，蛙跳，掌上推，木棍子捲大水壺，還有你說的抓土甕，不說其他，光單槓這我天天拉，現在一口氣正手可以拉二十九下，若是反式讓桿子碰後脖子的，我可以拉十七下，你呢？」

老衲大笑，「俺又不練拳，你跟俺比幹啥？不然，你去做重訓？增加體重，最快速的方式便是做重量訓練，那很有效的。」老衲別的優點沒有，這輩子就是替朋友著想，人稱最佳好友，與損友，哈哈哈哈。

桐九聽老衲如此建議，卻低下了頭，「我就是沒錢，不但連健身房的錢沒有，更沒有錢吃營養品，怎麼練？再說了，我現在還要幫奶奶一起做手工，貼補學費，時間都是零碎的，哪來固定時間去健身房鍛鍊？」

「不然……俺借你錢，你去？」老衲看桐九一副為錢苦惱模樣，實在看不下去，桐九卻說，「老衲，你已經對我夠好了，再借我錢，我一輩子還你不起，借錢免談，你陪我想想辦法就好。」

「有了！」老衲腦袋一拍，「慕容前輩曾說過一種內寧奴的拳法，可以鍛鍊內在的霜氤，如果獲得霜氤，就可以獲得超越體格的力量！」老衲興致沖沖地與桐九介紹，慕容前輩當年曾說過的寧奴的故事。

「老衲，你是傻了，」桐九聽完故事以後說，「第一，這內寧奴是寧奴拚死交給慕容前輩的，所以慕容前輩根本不願傳你，不是嗎？第二，慕容前輩早移民英國了，現在與你也沒聯絡，我們如何向他學習這『霜氤』的使用方式？」

老衲當時嘴皮一動，但話還是硬生生忍下沒說，其實慕容前輩走時，曾交代給老衲一件任務，如果任務完成，可以打一支電話給他，不過老衲想想，這件事好像與練拳無關，也就不提。

桐九道：「鍛鍊重量訓練，增加體格，當然是個好法子，那怪物學長的角力練法就是這樣的；但是我現在沒錢，平時還要打工，常常值夜班，日夜顛倒，除了沒時間最重要的還是沒錢，沒錢買器材，也沒錢繳會員費，雖然自己搞了一些自助式的陽春練法，但畢竟還是跟人家那種正規練的差太遠了……而且……我心中最在意的還是，覺得光靠那樣練，怕是仍然無法完全克服體格上的差距。」他不死心的眼神閃了閃，又道：「一定還有甚麼別的辦法，不是一直都有那種傳說，說古代走方郎中，或者是道士、和尚的武功很是高強的那種故事嗎？又說江湖上遇到三種人要特別小心，女人小孩與老人甚麼的……像他們那種，都是天生體弱之人又跑遍五湖四海，根本不可能隨身帶著石鎖石擔鍛鍊肌肉的……他們那種人，一定有甚麼別的方式去鍛鍊，就好比慕容前輩說過的霜氤，只是我們不知道要怎麼去鍛鍊罷了。」

老衲沉思：「有可能，畢竟武功的世界太廣闊了，到底還有什麼神奇的練功方式，真不知曉。」

「如果，只是如果，如果被我知道了另一種不純粹是肌肉上頭的鍛鍊方式，那我就可以一邊練肌肉，一邊也用其他的方式鍛鍊；雙管齊下，或許——或許就真的可以克服體格上的差距了。」桐九抿著嘴，表情決絕，在那個瞬間，老衲看著他，覺得他要對抗的東西，似乎不只是眼前的張狂學長或者是拳擊學長與角力怪物學長。

桐九那時常常與老衲如此抱怨，但老衲當時年紀尚小，真也提不出甚麼別的辦法告訴他，直到有一天，桐九又說到這個話題時，老衲的高中女友桔梗恰巧也在一旁，忽然插嘴說道：「欸，我有個四爺爺，好像會你們在討論的那種東西噎。」

桔梗此話一出，事情又往另一個方向急速變化，照例，欲知後事如何，且聽老衲下回分解。

Chapter. 06

「妳……妳的四爺爺？」老衲吃了一驚，與桔梗交往這三個月，只知道她是她們朱家最小的女兒，與哥哥姊姊們都差了十幾歲，是家中最小的女兒，所以有豬小妹之稱，其它關於她們朱家的情形，還真沒聽桔梗講過，更不知道她有一個會武的四爺爺。

「是啊，四爺爺是我爺爺的四弟，他是目前爺爺那一輩還活著的少數幾個長輩，不過他是個怪人，所以我爸跟姑姑她們，甚至連整個朱家都很少跟他來往。」桔梗提到這個朱四爺爺的時候，表情有些遲疑，「不過我個人是不討厭他啦，至少四爺爺在我小的時候，是對我很好很好的。」

老衲皺眉，「聽妳這麼說，好像妳們朱家都很討厭他？他是做什麼職業的啊？為什麼你爸爸他們要討厭他？」

桔梗嘆了口氣，道，「其實我爸爸他們也不是討厭四爺爺啦，只是有些尷尬，畢竟……畢竟四爺爺曾經被警備總部抓走過，還被關進龍發堂好一陣子，這種丟臉的事情，爸爸覺得對整個朱家都是一種……嗯，我也不知道怎麼說，不光彩吧，或許。」

「龍、發、堂?!」老衲與桐九對望了一眼，彼此眼神中都是藏不住的驚訝之情，這情緒，可能年輕的看官們不知曉，因為在當年，「龍發堂」三個字可是鼎鼎大名，它是創始於高雄一農民手中的佛堂，因緣際會，專門收容精神病患共同修行，以尋求正規醫療之外的其他療癒方式，此佛堂行之年久，久而久之，這龍發堂三字，便變成了台灣人口中的「精神病院」的代名詞。

「對、對啦，我爸爸他們都不想講四爺爺被關在哪，都用龍發堂代稱，不過不是那間真正的龍發堂啦。」桔梗解釋道。

老衲點點頭，道：「當然，以妳四爺爺的年紀，恐怕他被關進精神病院時，龍發堂都還沒有開辦哩。」桔梗聽到精神病院四字，肩膀縮了一縮，好像這是一個不乾淨的字眼，就連聽到，也會連帶著讓耳朵髒穢，要學古代那個洗耳朵大師許由，跑去河邊用清澈的河水掏掏她的豬耳朵。

「妳知道朱四爺爺是因為什麼事情，被抓進警備總部，又被關入龍發堂的嗎？」桐九忍不住插口問道。

桔梗托著下巴：「其實我也不是很清楚，好像就是因為四爺爺教功夫，而惹出一連串事情來的。」

老衲與桐九七嘴八舌說道：「教功夫？」「惹出事情？」「還可以惹出事情到進龍發堂？」「笨蛋，朱四爺爺是先進警備總部，再去龍發堂的啦！」「這兩者有關係嗎？」

「這裏頭一定有關係，警備總部要滅口，要嘛把人幹了，不然就是送進精神病院，讓世人以為你是精神病，一了百了，對於那些殺不得卻又犯禁的人，只好將他們軟禁起來，又或者說你是神經病，讓你說的話沒人相信。」桐九最後長篇大論地發表他的意見。

老衲搖搖頭，表示不信：「桐九，你把警備總部想得太壞了，要不是俺爺爺已經走了，不然俺請他查一查這朱四爺爺為什麼被抓進去，一定有理由的。」

「你爺爺是警備總部的?!」這一下桐九與桔梗同時驚呼，那一瞬間，眼神裏都帶著恐懼，與些許不屑。

「對啊，俺爺爺奶奶在退休前，都是警備總部的員工，怎麼了嗎？」老實說，老衲當年根本不知道這四個字在外頭的名聲如何，代表著什麼意義，看到桔梗與桐九如此反應，有些受傷。

桔梗深吸了一口氣，說，「你跟我交往的時候沒說，你爺爺甚至是奶奶，都是在警備總部做事的……」

「警備總部到底怎麼了？為什麼你們反應都這麼大？」老衲不解問道。

桔梗與桐九對望一眼，桐九搖搖頭，說：「那是他爺爺與奶奶，不是老衲。」

而桔梗嘆了口氣，說：「老衲我跟你說，警備總部裏頭都是壞人，我真的沒想到你的爺爺奶奶，居然是警備總部裏頭的人，早知道，我就……」

「妳就不會選擇跟俺交往？」老衲完全不能理解，「俺爺爺就是一個整日笑呵呵的老好人，總小除了教俺背詩之外，就是跟俺下棋，他除了有點小中風影響舌頭，所以很少說話之外，根本不是什麼壞人，更不要說俺奶奶了，她為人俠義，樂於助人，跟街坊鄰居都很要好的。」

桔梗卻很堅定，道：「我爸爸叔叔他們都說，警備總部裏頭……」她話說到一半，便被桐九打斷。

桐九擺擺手，道：「桔梗，妳這個話題不要跟老衲說，他出身如此，不能理解妳們這種台灣本省人在想什麼的，還是說正經事吧，為什麼朱四爺爺只是教功夫而已，卻會被抓進警備總部，又送去精神病院？妳知道嗎？」

老衲哼了一聲：「教功夫教到被警察抓走，又進精神病院，俺這輩子還沒聽過這種事。」俺咕噥抱怨，也不知出於什麼情緒，不過總之就是覺得心底不太舒服。

桔梗看著老衲，而老衲估計當時俺的表情也不會好看到哪兒去，於是她沉思半晌，決定暫時放棄討論警備總部這個尷尬的話題，轉而到她四爺爺的身上，「據我聽到的，也不知道是真是假，四爺爺之所以會被抓進警備總部，又送到……送到龍發堂，除了教功夫之外，還有一個最重要的原因。」

「什麼原因，快點說啦！」老衲被前一個話題搞得有些不耐煩，忍不住開口催促桔梗。

「因為四爺爺說，他是朱元璋的後代。」

Chapter. 07

「朱、朱元璋的後代？這麼說來，妳們朱家……」老衲吃了一驚，當年見聞著實不廣，一聽到桔梗的朱家原來是帝王之後，不禁心底起了尊敬崇拜之意，「嘩，這麼說來，桔梗妳若生在明朝，那好歹也是個公主、格格之流的，那俺老衲，便可被人稱作是——皇室駙馬爺了！」哎，老衲喜歡胡說八道的性格，自小養成，至老不退，當時少年的老衲，便已經很老衲了。

只聽桔梗沒好氣道：「格格是清朝滿州人的稱呼，不是明朝漢人的稱謂，更何況我跟你又沒結婚，你哪裏算得上是駙馬爺啊？又再更何況，朱元璋的後代沒甚麼好講的，古代皇帝後宮嬪妃三千人，一代又一代的這麼播種，傳了幾百年到現代，曾經流了一點相關血緣，根本沒甚麼特別的好嗎！」

桐九也在一旁補充：「桔梗這話說得在理，隔壁班的那個老劉，也說他是劉備的後代，還有桔梗班上那個姓鐵的女生，也說她自己是成吉思汗鐵木真的後代呢。」

「鐵木真的後代？」老衲雙眉軒起：「俺歷史雖然差勁，但印象中，鐵木真是名不是姓，照這樣說的話，俺的成叔叔，人高馬大，一臉漠北蒼茫的豪俠模樣，莫不是他也是成吉思汗的後代？胡說、胡說！」

桐九拍了下老衲的肩，道，「老衲，你別跑野馬，淨扯那些不相干的事兒，專心聽桔梗說說她們家的故事啦。」

「哎，」桔梗嘆了口氣，道：「其實這只是流傳在我們家的一個家族故事，只是我們朱家，祖訓不留族譜，這故事又只能口耳相傳，規定不能形諸筆墨，所以傳得久了，誰也不知真假，只有四爺爺始終堅信不疑，對這個故事是鐵板板地認定，這才惹出事來。」

「家族流傳的秘密故事！」老衲與桐九異口同聲，小聲而興奮地偷偷喊著，「太酷了，桔梗妳說，俺以後一定要把它寫成小說題材！」老衲當時便如此說道，後來很多人問老衲為何有如此多的故事可以說，其實訣竅在於，留心生活中的所有小事。

桔梗有些臉紅，道：「其實我也不知道這個故事是真是假，只是我爺爺說，從他的爺爺的爺爺的爺爺那輩，便一直流傳下來這老朱家的歷史故事，不過我們家的人大多是聽聽就算了，誰也沒當真，只有那四爺爺……」

「快說、快說，故事有趣好聽便行，誰管它真的假的。」老衲忍不住催促說道，對了，附帶一提，桔梗家中幾代人都是講標準的閩南話，所以說到她爺爺時，她用的都是「阿公」，不過老衲家中是台灣所稱的外省人出身，行文還是以「爺爺」統稱，用得比較習慣。

「好吧，那我開始說囉，說得不對的地方，你們可不能笑話我。」桔梗於是緩緩開始說起了這個故事。

「根據我們家族爺爺的爺爺的爺爺……流傳下來的故事說，當年朱元璋一統天下，除了靠他天生善於用人的領袖氣質，還有明教的底層社會力量之外，最主要的，是他身邊曾有一高人，幫他訓練貼身的侍衛與死士，所以朱元璋能夠在崛起之時，躲過多次暗殺，而且能夠在兩軍交鋒僵持不下之際，派出死士，暗殺敵軍的重要將領，這個高人所訓練出來的這一批侍衛與死士，其實占了不小的功勞。」

老衲點點頭，道：「這麼一說好像也有道理，當年朱元璋其實只是元末動亂之際最小的軍閥，何以最後能夠幸運地登上大位，一統萬里江山，除了將士用命與運籌帷幄之外，肯定有一些不為人知的祕密。」

桐九好奇：「這高人那麼厲害，叫甚麼名字？」

老衲哼了一聲，道：「不是楊逍，便是范遙，張無忌肯定沒那閒工夫幫朱元璋，周顛說不得冷謙等人，又恐怕沒這能耐。」

桔梗搖搖頭道：「都不是，而且幹這行的，根本不可能可以留下姓名，所以他只有一個古怪的外號，叫作是『天梁』。」

老衲皺眉道：「天良？找一個外號天良的武功高手，來調教一群喪盡天良的侍衛死士，真有意思。」

「老衲你別老是打斷桔梗，」桐九說：「紫薇斗數中有所謂天梁一星的，漢語中破音詞甚多，你別這麼武斷。」

桔梗接過話頭：「正是如此，還是桐九有常識，據說這人是劉伯溫找來的幫手，說是劉伯溫主外，便讓這高人主內，而為什麼他叫天梁呢，據我爺爺的爺爺說，劉伯溫當年對朱元璋道，行軍布陣你有徐達的七殺，衝鋒陷陣你有常遇春這破軍，天府我們有楓林先生，天相我們有百室先生，太陰有湯和，太陽有馮勝，天同是福星，馬夫人的命格可以坐鎮，武曲鄧愈，巨門保兒，此外胡惟庸是貪狼相，藍玉是廉貞相，如此數來，主君您只差一位天梁作蔭星，便可成就大業。」

「那朱元璋屈指數來，道，咱向來聽聞斗數有十四顆主星，怎麼如此數來只有十一顆？劉伯溫哈哈大笑，說，天機星自古以來便是姜子牙張子房諸葛孔明之流，若在當代，便是非我老劉莫屬，而眾星之主紫薇星，當然是真命天子，生有異相的主上您了。」

老衲記得俺當時聽到這裏，冷哼一聲道：「沒想到神機妙算的劉伯溫，也有如此滑頭之時。」倒是桐九搖搖頭：「老衲你出身小康之家，不懂人情世故，世路如此坎坷，人在屋簷下，定是不得不低頭，這一點你以後一定要改，否則前途堪慮，出社會以後，必定是吃虧連連的命。」

桔梗沒理會俺與桐九在旁說閒話，繼續說道：「那朱元璋笑了幾聲，又問劉伯溫，這天梁蔭星，卻是如何人物方可擔當？又，天梁星該當何用？劉伯溫道，孫子兵法十三篇，最後一篇壓軸之作，叫做『用間』，說的便是行詭之道，與消息情報的重要性，這用間之法，內則侍衛護衛，外則刺客死士，若是訓練好了，將來可以使得上力的地方千變萬化，蜉蝣可以撼樹，螳螂能夠擋車，有大不可思議的妙用。」

「朱元璋點點頭，道，這事兒便交給你去辦，伯溫找的人選咱向來放心，只是這一路東西，要千萬記得，幹的事是絕對不可以傳出去的，那劉伯溫聽朱元璋金口一言，把這內府侍衛的絕密任務交給他來操辦，感動得下跪磕頭，後來劉伯溫真找了位武功高手，專門訓練一隊伍，這隊伍所有的相關資料，都是密不外洩的，不可形諸筆墨，不可宣之於口，只有極其少數的人能得知內情，所以一般世人完全不知這班隊伍到底在做些甚麼事，故有諸多神馳想像的故事，加諸這個隊伍上……」

老衲聽到此處，吃了一驚，道：「桔梗妳說的這隊伍，莫不是……」

「錦衣衛，」桔梗點頭：「老衲你猜對了，這劉伯溫找武功高手來訓練的隊伍，正是後來被人稱作是錦衣衛的便是。」

附註：保兒是李文忠小名，百室先生是李善長，楓林先生是提出著名戰略「高築牆、廣積糧、緩稱王」的朱升。

光影——「山中隱士與神鬼戰士」

老衲最近看一綜合格鬥的比賽黑哨事件，頗有所感，在說所感為何之前，先說此事，這黑哨事件大致上是這樣的：

比賽有紅白兩方，紅方善拳腳，從頭到尾進攻積極，勢大力猛，拳腳如炮，白方則精柔術，以身法閃躲，跑完整個八角籠，伺機想將戰鬥環境拉入地板而控制紅方，可惜幾回合打完，白方仍舊無法完整地將紅方拖入地板而降伏，只好來到計分判定的審判，結果計分一出來，紅方以些微之差落敗，賽後紅方支持者群情洶湧，認為裁判是黑哨。

最後主辦單位公布背後的計分規則，原來是因為此次賽事，加入了一項新的評分標準，即是「戰術控制」，故雖然紅方進攻猛烈，鬥志高昂，但在戰術控制上，白方明顯技高半籌，因此計分判定得勝。

（當然，這項新的評分標準，賽前選手是有拿到的，可是觀賽的支持者並不知曉，這是末節，略過不談。）

這一黑哨事件，引發老衲幾點感慨，與各位看官們分享。

以比武來說，真正的無規則是無法常規性訓練的，一練就傷，但有規則的訓練，則引發原本預想目的的其他變化，所以「無規則」，則無以平台訓練技術，而「有規則」，則有所框架限制發揮，而此框架，也會帶給原本的目的些微化學變化，造成本質上的改變，當然了，無規則有無規則的壞處，就是不知道技術如何驗證，久而久之怠惰鈍化，可有規則也有有規則的短處，就是必須得增加時間訓練一些如何應對此項規則的功夫，如控制體重（尤其職業選手減重之可怕，遠非一般人所想），如依照計分標準調整打法等等。

依此想來，其實武學一道，不應強分傳統或現代，只應該分「古典型」抑或是「競賽型」，古典型武學，以訓練邏輯及格鬥思維做分野，是為門派，而競賽型武學，以規則計分條件等做分野，是為比賽。

古典型武學可以是競賽型武學的養份，而競賽型武學，則可以是古典型武學的驗證，兩者如同陰陽二魚，互反而又互成，如一個整體混沌，不可分割。

說到底，古典型武學在根本上是山中隱士的思維，而競賽型武學，則是神鬼戰士的概念，甚麼是神鬼戰士？就是要打鬥給別人看，公開打鬥給別人看，而且越精彩越好，但山中隱士的思維不是這樣的，隱士之間的決勝負是，最好在極短的時間內，用極快的方式解決對手，而且從頭到尾最好不要給人看到，甚至連周邊的人都不知道自己會武，那是上上大吉。

老衲以為，此兩者一個是生存技能，一個是公平競賽，身為新時代的武者，應該要巧妙地融合兩者，可以在古典型武術中汲取養分，也可以在競賽型格鬥中驗證所學，以最「真誠的方式表達你自己」，要知道，甚麼門派甚麼拳法甚麼武術，通通是狗屁，唯一重要的，是「你」作為武道的載體，要如何呈現，八荒六合獨此一份，專屬於你自己的武道。

根葉──「古代武林的拳根理論」

在中國古代的武林之中，有一個著名的拳論叫做「拳根」理論，在近現代很少聽人提起，即使偶爾有摸著一點邊的，也不太重視。

這個理論在說甚麼呢？它在說每一種拳法，都有一「拳根」，這個拳根如果種得正了，這個拳生長出來，味道才對，才正宗，所以古代人看拳的正宗與否，不是看你的血緣關係還是師徒傳承或是譜上列名，而是看你的拳根是否清正，拳根不正，管你是創派宗師的親生兒子，又或者是傳奇大師的指定掌門，你這拳，都不正宗。

這「拳根」理論可不是老衲瞎說，很多大師都有提到此論端倪，如以八極參劈掛著稱的劉雲樵老前輩，就曾經說過，在初學的時候，八極拳與劈掛掌不可合練，甚至在同一天、同一週內，練了八極，就不可再練劈掛，最好是一段時間中專攻八極，在另外一段時間裏獨練劈掛，否則的話，「味道」不對，劉老的這段話，可視為拳根理論的另外一種版本。

再舉幾個例子，好比說發軔於中國山東的螳螂拳，它在創始之初，即是集十八家拳法所長而發展出來的一種獨特拳種，也有人說，它的根源，在於螳螂老譜的九十三手秘笈，而其後又發展成七星外剛內柔，六合外柔內剛，梅花閃賺騰挪，而近現代又有姜化龍大師，將八卦拳，通臂拳，形意拳合了進來，創出八步螳螂拳。

（說到此處，岔出一段：聽說清末民初形意八卦門的孫祿堂老先生，原本希望與通臂門張策老師換藝，合形意八卦通臂為一門，為張策婉拒，後來才有孫氏以形意八卦合太極之舉；但同一時代，姜化龍發展出來的八步螳螂，本身已合形意八卦通臂，是不是達到了孫氏當年最初的想法呢？頗堪玩味，這主題相當值得研究。）

螳螂拳的拳根是甚麼呢？很多朋友說，螳螂就是「手法套餐」，幾個實用手法腿法摔法，練熟了好比一個陷阱圈套，不熟的人一接上手就落入圈套，被螳螂補食，這個講法當然沒有問題，不過老衲喜歡標新立異，俺自個兒的講法是，螳螂的拳根，在於它想要「窮盡幾種距離內的所有打法變化」，原則上這幾種距離有啥呢？有搭手距離（trapping range），或者是摔拿距離（grappling range），甚至是踢打距離（striking range），這三種距離內的所有變化，螳螂拳都希望能囊括進來。

所以螳螂拳總給人一種手法繁複的感覺，近現代大部分的螳螂門的拳法訓練，高階的核心著重在六段摘要，也就是六套長串的手法套路，老衲以為，此拳的拳根在於窮盡變化，以用為主。

另外一提，甚麼叫「窮盡變化」呢?好比説Conor McGregor窮盡了八角籠中的UFC規則變化，可是Mayweather窮盡了四角繩圈內的拳擊規則變化，所以兩人實際武功誰高誰低不知道，但Conor一旦落入繩圈內的拳擊規則中，他對這種比賽可能有的變化不熟悉，自然被Mayweather輕易擊敗。

而螳螂拳在設計上，老衲以為是循著「窮盡幾種交手距離內的所有變化」奔去的，自然厲害無比，堪稱近現代中國北方影響最大的實戰拳種。

而近現代中國傳統武術中，另一種影響極巨的拳法，詠春拳又是怎麼樣的呢?詠春拳不像螳螂拳那般設計套路繁多，也沒有如螳螂拳九十三手等繁複手法的傾向，詠春拳簡潔明快，老衲以為主要在練八個字，「守中用中，腰馬合一」。

詠春總共只有三套拳，套路雖然不短，但其中有很多重複動作，若去除重複，其實動作是相當少的，從小念頭起練，到尋橋，到標指，腰馬合一且不去説它的話，其實這些動作最明顯的特徵就是「守中用中」。

當然有人會説，詠春的守中用中，是優點也是缺點，舉幾個詠春拳手被搏擊選手打倒的影片為例，差不多都是從旁敲側擊法去擊倒詠春的，有左右擺拳，又或是左右橫向掃踢等等，不過老衲以為，這些説明不了問題，因為那被擊倒的詠春拳手，只是練到小念頭的程度而已，守中用中的只是「死中線」，等到練完尋橋標指，守中用中的就變成了「活中線」，好比賽車，在兩車爭道或是過彎超車時，仍然要守著中心線，否則肯定翻車，但這個是活中線，而不是死中線。

回說拳根，詠春依此拳根，設計出來三套拳之外，還有設計一件練功輔具，便是木人樁，這木人樁的型制與設計完全是對應詠春拳根的訓練來的，反過來說，只有依詠春的拳根訓練，一階段一階段循序漸進，這木人樁才能發揮它的最大功效。

這道理好比說，如果你想強化你拳頭拳面的打鬥，最應該直接去學拳擊訓練，任何其他門派或傳武都不及這方面，拳擊已經是拳面打鬥法的極致，任何人想要通過其他訓練，在拳面打鬥術上勝過拳擊，那都是幻想，也好比說，如果你要去參加柔術比賽，最好就是去投入正宗柔術訓練，想要妄想靠傳武的擒拿加摔跤去贏得柔術比賽，那也是不可能的事。

拳根與實際的訓練、打鬥方法都是息息相關，一脈相承的，這也是很多老拳師無法教打的原因，這些人拳根散失，又不通打法，手上只剩下一些殘缺不全的招式套路，實在貫通不來整套拳法的技擊理論，只好繼續抱殘守缺，練習「我是正宗」的吹牛大法了。

老衲看近幾年的傳武圈發展，慢慢朝著「能打」進行著，非常令人振奮，不過有時候「拳根」還是沒摸清楚，明明不是詠春的，拼命打木人樁，明明不是螳螂的，拼命套螳螂的手法理論，更有甚者，直接去把散打拳擊學過來，把巴西柔術學過來，然後說我這是南拳北腿，正宗之至，傳統之至。

老衲有時實在看不懂，你打起來像拳擊（散打），何不直接練拳擊（散打）呢？你喜歡拿木人樁練功，那何不好好學習詠春拳呢？你喜歡用螳螂理論解釋拳法，那何不直接稱你的拳就是螳螂拳呢？

這些疑問老衲小時候問過無數「大師」，得到的答案都是老衲不懂，老衲是外行，所有拳法打起來都會像拳擊，所有傳統武術都有木人樁，所有傳統招式，解釋起來其實都與螳螂拳大同小異……

好吧，拳擊與螳螂拳法，可能老衲不是很懂，但就拿詠春木人樁來說，老衲學過的八卦武藝，是有八卦門自個兒的樁型與與樁法，這個八卦樁的長相與詠春木人樁長相是完全不同的，這個八卦樁是八卦門專門拿來練八卦勁的，老衲真是不懂一堆八卦門高手，武館裏擺個詠春門的木人樁是啥意思？再拿心意六合拳來說好了，心意門的樁，也有自己門內的設計與打法的，這東西是專門拿來練心意六合的七拳打法與六合大撞的，老衲真看不懂，很多心意門高手，天天玩人家詠春門的木人樁，到底是個啥意思？

好吧，有一個萬用的解答老衲幫忙這些拳師提出來，以免尷尬，那就是「天下武功是一家」，管它來源是啥，只要能打能用就行，其實也是，現在傳武的某些老師傅只要稍微能夠動動手防身，已是萬幸，就莫要求他們還能分得清拳擊，散打，與傳武打法有甚麼區別了吧！

還是回說「拳根」，其實拳根是紮在「拳性」之中的，所謂拳與性合，合的是拳性，孫祿堂老前輩的二公子孫存周，曾有一段著名的拳論，他說練拳有三個步驟，第一步渾身是拳，第二步知拍任鬥，第三步呢，則是拳與性合，以老衲的解釋，前兩步是練通拳根，最後一步是合於拳性，合於拳性的人，舉手投足都是「這個」，至於「這個」是啥，看官們就自個去想想吧！

Chapter. 08

上回說到老衲的高中女友桔梗談明史，談得頭頭是道，老衲忽然想到，還沒好好介紹一下桔梗這個人。

說到桔梗，其實她當年也是個傳奇人物，不過她的傳奇，不像是鄧麗君張雨生周杰倫那種大範圍的傳奇，而是在小眾冷門地下的小範圍傳奇，好比慕容前輩，好比獨孤前輩，又好比當年老衲學武時，曾聽過台北有一地下約架王，約架無數，可知者對其人無不諱莫如深，老衲神馳想像，佩服不已，後來見到國外興起許多充滿危險性的極限運動挑戰，比如無裝備爬上當地第一高樓，又或者是在千呎高懸吊的鋼筋橫架上作引體向上，又或者是一壺水一包餅便想穿越薩哈拉大沙漠等等，深深覺得，私下約架這種行為，與那些危險性的極限運動挑戰可有一比。

老衲想，其實私下約架，可輕可重，輕的固不必說，但若是對方設下陷阱，又或者是準備好群毆黑手的局等著上鉤，那就可怕了，如幻影旅團團長決戰魔術師時那場，一著接著一著等著魔術師踏進去，又或如宮本武藏約架佐佐木小次郎，先勘查好地形，計算好所有可能性，最後再輕舟已過萬重山似地一擊必殺，約架的意外情況與陷阱之多，真要數來，是數也數不過來的，因此約架一道看似容易，實則千變萬化而潭水極深，真能夠約架無數且全身而退者，寥寥可數，那台北地下約架王生平約架無數，卻聽說從未嘗失手陷在局中，實在端的是一狠角，可他為人十分低調，除了少數圈內人外，其他一般大眾根本不知道台北有這麼一個人物，真可說得上是地下小眾範圍的第一號傳奇。

扯遠了，說回桔梗的傳奇，先從平常一些的事開始說起。

桔梗的面容，不是那種讓人一看便叫好的美女類型，但她濃眉大眼，爽朗愛笑，很有人緣，真要說起來，有點像電影鐵達尼號中的凱特溫絲蕾與台灣女歌手陳嘉樺的合體，有些溫柔，也有些男人般的直爽，相處起來不讓人有壓力。

說到桔梗的長相，又有一段趣事，當年俺爹第一次見到桔梗，其實不是很喜歡這個女孩，那時俺與俺爹與桔梗三人坐著一起看電視，整整兩個小時，俺老爹沒向桔梗說一句話，不問不答不聊天，把桔梗窘得差點當場落下淚來，但其實老爹此舉也沒惡意，就只因為他向來是喜歡妖豔騷女的那種模板，不喜歡桔梗這種鄰家女孩長相，所以懶得聊天，更懶得攀談社交。

第一次見面如此，後來兩人又是如何破冰的呢？說來也很有意思，老爹有次來老衲處坐坐，給點零花，順便也閒話家常，無意間見到老衲桌上一張宣紙，他老人家抽起來一看，原來是一幅用王鐸行草筆意寫的《再別康橋》，老爹一看大驚，好好將紙攤平，再一細看，又是連連叫好，忙問老衲，「這幅字是你哪位書法老師寫的？筆法老辣至極，學王鐸而不似王鐸，直追米元章的天真瀟灑，不簡單，不簡單，當今之世，真想不到還有這般好手。」

老衲一聽老爹此言，不禁大笑，說道：「老爹你當是誰？這便是俺女友桔梗的手筆，你前幾回對她視而不見，只對人家的皮囊打分數，現在當知道自己是如何的狗眼看人低了吧？」

老爹一聽，呆在當地，過了半晌才道，以管窺豹，一葉蔽目，如此矯夭若龍的筆勢居然是出自一個高中女學生之手，是我淺了。

就這樣桔梗靠著一手漂亮毛筆字，讓老爹從此見到她，都對她禮敬三分，連連稱讚，即便是後來老衲與桔梗分手之後，老爹還是時常好奇，那才女桔梗最近怎麼樣啦？好不好啊？嫁人了沒呀？

不過桔梗倒是始終對老爹沒好氣，私下喊他那色瞇瞇的老頭，說他只知看女人外表，沒半點涵養，還當甚麼大學教授呢，老衲聽了，也只能陪著乾笑，哈哈哈哈，略略表示默認贊同之意。

又扯遠了，說到桔梗的書法，其實是當年老衲與桔梗初相識的起因，最一開始時老衲初上高中，搬到桐九家旁，便跟奶奶說俺想學書法，奶奶說好呀！她有一唱戲的老朋友，是冬生的入室弟子，更寫得一筆好書法，人稱釉老師，於是打通電話，讓老衲去釉老師家學。

老衲還記得那天，釉老師拿給俺的是一副九成宮臨摹，可老衲臨摹得並不專心，一直偷看旁邊一個女孩子，後來得知這女孩子，與老衲恰好同年，而且恰恰好考上同一高中，當然，說到此處看官們都知道，那個女孩子便是桔梗了。

釉老師的課，老衲才去個五、六次便不去了，不是九成宮太枯燥，而是釉老師的教法老衲實在不耐煩，釉老師當年道，寫字重在氣質，所以他讓學生們一來上課，先唸四書論語，史記詩賦，唸得心中氣質改變之後，再學寫字，事半功倍，釉老師認為如此才是正道，才是由內而外發的寫毛筆字，先有胸中斯文，再練筆下斯文，可老衲向來是個俗人，學校功課已經夠煩，放學後學個寫字，又得唸書，這該有多無趣，因此去了釉老師的課幾次，便翹課托故不去。

釉老師的課雖然不去，但那課堂上見到的女孩子卻是不可不追，老衲打聽到桔梗班號，於是天天多買一份早餐，夾帶一張紙條，送去桔梗班上。

說實在話，俺那時根本不知道該如何追女孩子（當然！到現在也是完全不知曉。），所幸零用錢尚稱堪用，索性日日一套精美早餐送去女孩班上，再夾一張噓寒問暖字條，如果是週五，更多別一朵桔梗花附上以示心意，當年人人保守，見到心儀女孩連話也不敢多說一句，所以老衲此舉，在當時環境，堪稱是大動作追女仔的新奇招式，在校內很是造成一陣轟動與流行。

如此，大約送出四五朵桔梗花之後，桔梗從原來對老衲視而不見，到走廊遇到會點頭微笑，而再到後來，終於答應與老衲單獨約會。

Chapter. 09

上回說到，桔梗終於答應老衲，出門單獨約會，說到那日，老衲當然盛裝出席，以為有戲，豈知卻是桔梗約好的一場興師問罪。

「老衲我問你，為何來釉老師的課沒幾次，就不來了？」桔梗瞪著眼問道。

老衲那時下巴差點掉了下來，心想，他奶奶的，虧俺準備了蠟燭與夜景，原來妳不是來約會的，而是來代師復仇的，俺咳嗽一聲，清清喉嚨，道：「哎，桔梗，今兒個談些風花雪月好嗎？那無聊的書法課，俺實在沒興趣。」

桔梗搖搖頭，說：「老衲你不曉得釉老師多喜歡你，他說武人練字，好比孫老師，自有一番風味，要你好好下功夫練，怎麼知道你這小子三心二意，才寫沒幾天便跑了。」

「哎，釉老師真是太高估俺了，人家孫老師是大家出身，自小讀書寫字，使棍弄槍兩不相誤，俺怎麼好跟他老人家比啊，老衲高不成低不就的，做甚麼事都只是混個樂子，不好太較真的。」

桔梗再搖搖頭，道：「你這性子不行，要改，凡事不下苦功，絕難有成，你才小小年紀便一副憊懶模樣，長大了還怎麼得了？光是你這副不上進的態度，你怎麼好意思追我？」

聽桔梗滿口訓示，逼得老衲正襟危坐，道，是是是，俺會好好上進，天天學習，爭取有一個光明遠大的未來，只是那書法課實在枯燥，又要背詩，老衲實在敬謝不敏。

「背詩有甚麼不好？增加增加你這無賴的氣質。」桔梗說道，她還是在糾結那堂老衲不去的書法課。

老衲搖頭：「背詩能增加氣質？別笑掉老衲大牙，俺自小背詩無數，還是這副鳥樣，一點氣質沒有。」

桔梗聽到此話，雙眉一挑，道：「你會背詩？可不是說笑？經得起考？」

老衲一聽，哈哈大笑，又從鼻子裏嗤了一聲，發出一聲表達極為不屑的聲響，這才說道：「桔梗妳要考我背詩，那容易，莫說是唐詩三百首，上至楚辭漢賦左傳春秋，下達元清令曲小說對聯，俺都是倒背如流，不講古文觀止這種淺白之作，即便是宋詞，老衲眼也不眨，隨便背出個一兩千條長短句，也是易如反掌，彈指間事爾。」老衲當時心想，論武功不敢說，講背詩，老衲小時人稱神童，島內背詩界向稱無雙無對，桔梗敢考俺背詩，那是關公面前耍大刀，華佗眼前動手術了。

豈知桔梗輕輕一笑，敲敲桌面說道：「背詩有什麼，多唸幾遍就會背了，一點兒技術含量也沒有，你若有種，咱們來賭『鬥詩』，敢不敢？」

老衲奇道：「鬥詩？那是什麼？」又趕緊問道，「既說是『賭』，那必有彩頭，彩頭妳先說來，老衲再想想要不要和妳賭一把。」

「彩頭嘛，很簡單，若你贏了我，我便跟你在一起，若你贏不了……」桔梗忽然翻臉，面如嚴霜，瞪著老衲道：「那你以後別送早餐到我班上，讓我丟臉，也不許再想別的方式糾纏我。」

老衲吃了一驚，心道，這「鬥詩」前所未聞，不知到底是什麼，但在女人面前腰桿子可不能軟，輸人不輸陣，若是藉故脫逃此仗，那末將來要想其他辦法追她，恐怕也是無望。

「賭了，便請桔梗劃下道來吧。」

桔梗點點頭，又先說明：「這鬥詩的詩，其實不限於唐詩，凡舉古文韻文都算，你可甘願？」

老衲輕哼一聲：「懂，輕輕的我走了，正如我輕輕的來，這也算詩，這等小節還嚇不倒老衲，放馬過來。」

「知音少，弦斷有誰聽，開始了。」桔梗輕輕念道。

老衲雙眉一挑，「岳飛岳鵬舉的詩，等等，妳還沒說這鬥詩的比賽規則？」

桔梗搖搖頭，又重複唸道：「知音少，弦斷有誰聽。」

老衲低頭沉思一會兒，才抬起頭來道：「俺懂了，這鬥詩的規則便是，不但要講出詩作主人，還要能猜出這詩的弦外之音，是也不是？」

桔梗點頭：「還算老衲你有慧根，過關，來吧，換你出題。」

老衲從未與人鬥過詩，一時間不太適應，腦中一片空白，但還是咬了咬牙，心想不戰而敗，丟臉，起碼試試看，老衲站起身來走了起步，搖頭晃腦，整理思緒，才緩緩唸道：「風裏落花誰是主？思悠悠。」

桔梗冷笑一聲：「Too easy，南唐李後主老爹的詞，哼，落花誰是主？我桔梗花開花落，還輪不到你老衲擔心，換我了，有女初長成，深閨無人識，酒興應還在，猶未要人扶。」

老衲奇道：「胡亂組裝白樂天的詩，這樣也可以？」桔梗哼道，「規則由我定，你不答便算你輸。」「好好好，這簡單，妳說妳年紀太小，還不適合交男朋友，對不對？其實人生要把握當下，及時行樂，不要此情可待成追憶，才想到當時已惘然，」老衲舉起一杯酒，敬桔梗，再喝乾，又道：「勸君今夜需沉醉，莫話明朝事，珍重主人心，人生能幾何？」

桔梗見老衲對答流利，的確是一個fluent poem player，表情有些動搖，道：「李義山與韋莊都出來了，算你厲害，但你根本不懂我的心事，你以為是好風如水，清景無限，可是我的寂寞無人見。」

老衲道：「東坡的詞俺可以倒著背，怎麼不懂？妳的寂寞，是因為舊歡新怨，空鎖樓中燕，是不是？俺知道妳初中的時候跟一個男孩好，可是他遲遲不告白，妳一直在等他，現在他也跟妳考上同一間高中，常常見面，他卻是始終跟妳打哈哈，讓妳不敢也不願意在他還沒跟妳講清楚前，就隨便答應別人的追求。」

老衲身子前傾，又向前踏上一步，「桔梗，俺跟妳說，最恨才多情太淺，那個人，人再帥人再好，可是對妳若即若離，那有什麼意思？千鳥在林不如一鳥在手，想想吧，不誇浮名，蜜意濃歡方有便啊！」

桔梗到此時，已被老衲的鬥詩天才所懾，忍不住動搖說道：「靠，聊復翁都出來了，童子解吟長恨曲，誰叫冥路做詩仙，你究竟是誰？怎麼會從小熟讀那麼多詩書歌賦？」

老衲仰天大笑，道：「自古君王詩作均差，何況宣宗？哼哼，桔梗妳終於肯正眼看俺，問問老衲是誰了，告訴妳，俺是清都山水郎，天教懶慢帶疏狂，少年上人號老衲，鬥詩島內稱獨步，更有渾名武功生，一手弦音寄豪情，」老衲說得興起，不假思索，繼續又道：「青青子衿，悠悠俺心，但為君故，沉吟至今，老衲和妳一樣屬猴，在花果山為王，居水簾洞稱霸，向來是個山野名士的風範，大鬧天宮的性格，生平無大志，只願盡交天下賢豪長者，常作江山煙月主人便好。」

桔梗聽老衲越說越亂，越說越是胡扯，終於噗哧一笑，道：「咱倆誰屬猴？儘會胡說八道，你別顧著押韻，就胡言亂語，胡亂出招，你輸了！」

老衲生平最喜歡逗女人笑，因此對女人之笑研究頗深，桔梗先前雖曾笑過，可是都是敷衍微笑或是不屑蔑笑，哪裏有如這般真心一笑，俺見既已得了便宜，便不好賣乖，一改先前張狂意態，誠誠懇懇問道：「老衲雖喜胡說八道，但可不會胡作非為，桔梗，俺是真的喜歡妳，給老衲一次機會，先忘記舊愛，找新歡試試，好嗎？」

桔梗轉過身去，很久很久，才緩緩說道，好。

老衲按：以小說結構來說其實是不需要，但還是想藉此機會介紹一下中國古典的優美詩詞給大家，故將本篇中用上的詩詞與作者按順序節錄，編列其後，給有興趣的讀者朋友欣賞。

「輕輕的我走了，正如我輕輕的來。」——民初徐志摩《再別康橋》

「白首為功名。舊山松竹老，阻歸程。欲將心事付瑤琴。知音少，弦斷有誰聽。」——南宋岳飛《小重山，昨夜寒蛩不住鳴》

「手卷真珠上玉鉤，依前春恨鎖重樓。風裏落花誰是主？思悠悠。青鳥不傳雲外信，丁香空結雨中愁。回首綠波三楚暮，接天流。」——五代李璟，又名李中主《攤破浣溪沙，手卷真珠上玉鉤》

「楊家有女初長成，養在深閨人未識，天生麗質難自棄，一朝選在君王側。」——唐白居易，字樂天《長恨歌》

「酒與還應在，詩情可便無，登山與臨水，猶未要人扶。」——唐白居易，字樂天《醉題候仙亭》

「錦瑟無端五十弦，一弦一柱思華年；莊生曉夢迷蝴蝶，望帝春心託杜鵑；滄海月明珠有淚，藍田日暖玉生煙；此情可待成追憶？只是當時已惘然。」——唐李商隱《錦瑟》

「勸君今夜須沉醉，樽前莫話明朝事。珍重主人心，酒深情亦深。須愁春漏短，莫訴金杯滿。遇酒且呵呵，人生能幾何？」——唐韋莊《菩薩蠻》

「明月如霜，好風如水，清景無限；曲港跳魚，圓荷瀉露，寂寞無人見。紞如三鼓，鏗然一葉，黯黯夢雲驚斷，夜茫茫、重尋無處，覺來小園行遍。天涯倦客，山中歸路，望斷故園心眼；燕子樓空，佳人何在，空鎖樓中燕，古今如夢，何曾夢覺，但有舊歡新怨。」

——北宋蘇軾，字東坡《永遇樂，彭城夜宿燕子樓》

「蜜意濃歡方有便，不夸浮名，旋遣輕分散。最恨多才情太淺，等閒不念離人怨。」——北宋趙德麟，自號聊復翁《蝶戀花譜西廂記十二首之一》

「綴玉聯珠六十年，誰教冥路作詩仙；
浮雲不繫名居易，造化無為字樂天。
童子解吟《長恨》曲，胡兒能唱《琵琶》篇；
文章已滿行人耳，一度思卿一愴然。」——唐宣宗《弔白居易》

「我是清都山水郎，天教懶慢帶疏狂。曾批給露支風敕，累奏留雲借月章。」

——南宋朱敦儒《鷓鴣天，西都作》

「青青子衿，悠悠我心，但為君故，沉吟至今」——漢末曹操《短歌行》

Chapter. 10

說完老衲與桔梗的初相識，忽然想到，其實桔梗可以說的傳奇還有很多。

比如她與她的好友胡芸，當年組織了一個地下的藝術社團，名曰「古虎社」，桔梗任社長，胡芸任副社長，專門招收對藝術感興趣的小青年朋友一起討論當時最新最前衛的藝術概念，後來更有許多驚世駭俗的作品在地下流傳（比如她們曾拍過一百個女人的……不過當然都是截頭去腿認不出人之作。），或租下不為人知的老舊破屋展覽，堪稱那時代的小小都市傳說，哈哈。

那古虎社提出與討論的許多藝術概念與作品，當年聽來都十分驚悚與超前，相當震撼老衲高中時的幼小心靈，但台北的地下藝術社團，畢竟人微言輕，而她們那群古虎社的社員，各個又都是天生的藝術家性格，講過了，做過了，便好，完全不在乎出名與賺錢的，而古虎社那些類似的藝術概念與類似的藝術作品，後來也都有許多國外的大牌藝術家一一在檯面上實踐，所以現在再說起來，也沒那麼有意思了，還是先回到桔梗的朱家祖先傳奇。

桔梗那天剛說到明朝錦衣衛，老衲便是一陣搖頭，道，「從來沒有聽說這錦衣衛的起源是這樣的，桔梗妳這明史來源，是不是有些靠不住啊？」

桐九卻說：「老衲你先別著急，桔梗的故事還沒說完，等她說完，再論不遲。」停了停又說：「不過即使桔梗的故事與正史不符，那也是情理中事，正史本來便是贏家所寫，而輸家所寫的野史，歷來不受百姓所信賴，別的不說，就拿幾十年前的二二八事件來說，正史一套，野史多套，真要比較起來，根本不知道誰是真誰是假，不是嗎？」

桐九向來知道老衲個性，最討厭爭辯政治問題，總覺得凡是政治人物，無論公開表態的立場為何，肯定各個都是心腸黑到發亮，千年的蠱精，萬年的餿水，壞得不能再壞，所以他拿一二二八事件來堵住老衲的追問，俺也只能翻他兩眼白眼，便不再說話。

桔梗瞪了老衲一眼，道：「還是人家桐九通情達理，哪像老衲你井底之蛙，還沒聽完，便想遽下結論。」

老衲連連拱手，道，是是是，究竟是命運的糾纏，還是利益的糾葛，還是又有甚麼旁的因果在冥冥之中無情地捉弄，這便請桔梗繼續說下去。

「自古以來，凡是中國的君王，想要上位，便得掌握三種力量，第一是兵馬，毛主席說的槍桿子出政權，第二是銀兩，正所謂兵無糧不行，馬無草不肥，而第三種力量呢，便是貼身的死士，這類死士，退可以防敵人的陰毒暗算，進可以取敵將首級於千萬人之中，好比當年孫傳芳，雄霸一時的大軍閥，後來便是被一死士刺客暗算而丟掉性命的，所以想當皇帝的人，莫不處心積慮地控制與平衡身邊的這三種力量。」

雖然老衲對於前段錦衣衛的故事不大心服，可桔梗這段話倒是把老衲說服得服服貼貼地，歷史老師說得對，鑑往知來，知道過去，便可以推測未來，最重要的還是要能在歷史的遺跡之中，學習些會反覆出現的人性軌跡。

桔梗繼續說道：「要控制兵馬，得要能夠激勵士氣，催動粗野草莽的血性為他賣命，這一點其實那票末代軍閥，各個都是行中裏手，山西掌櫃閻錫山，東北匪頭張作霖，雲南土司龍雲，廣西堂主陸榮廷，哪一個都是行伍出身，對掌握士兵的情緒高低，彷彿都是有催眠師一般的魔術身手，只要登高一呼，登台演講，就連底下從鄉間裏硬拉來充人數的娃娃兵，各個都是熱淚盈眶，想要為這些殺人不眨眼的大魔頭大軍閥當場賣命的，可是呢，為什麼這幾股軍閥勢力，最後都被蔣中正給一一收編？因為蔣中正不但能掌握軍隊，把大夥兒唬得一愣一愣地喊他最高領袖委員長，他還很能夠借錢，與黑道借錢也與白道借錢，能控制孔宋兩家大財閥不說，還可以把羅斯福邱吉爾那些國際領袖們唬得一愣一愣，看他剃個光頭又信基督教，便以為他信用良好心地純良，紛紛押給他飛機大砲銀兩，當年都承認他是中國第一號領袖人物。」

老衲點頭，嘆道：「哎，老蔣總統雖然很多毛病，不過在掌握多方不同的勢力上，的確是個厲害角色，別的人不說就說那李宗仁吧，頭腦硬得很，連上海杜月笙杜老闆拜訪也不見，只想搞他的革命軍人，這樣說來，李宗仁只懂得掌握兵馬，不懂得掌握銀兩，不像老蔣總統可以壓著杜月笙借錢，而且一借再借，借到杜月笙流亡香港，還是不敢不聽那偉大的蔣委員長的話。」

說起上海的杜老闆，桐九的奶奶是上海人，而奶奶在上海時正是杜老闆正風光的歲月，說起杜老闆來只會勾起他李家的無限感嘆，桐九輕嘆一聲，便將話題轉開：「桔梗妳的意思是說，這掌握兵馬需要激勵士氣的能力，掌握銀兩需要借錢還錢的本領，那麼若要掌握死士呢？需要甚麼？」

桔梗道：「這死士與士兵類似，卻又不一樣，士兵是底層人，多半傻傻地不思考，喊衝便衝，而死士不同，他們這群人武功高，出的任務多半又是需要高智商去解決難題的，這樣的人，不是單純用對大頭兵喊話那一套可以管控得住的，所以對付這一類人，除了要能激發他們的忠君愛國之心外，還得用別的方法牢牢操控著他們。」

老衲站起身來走了幾步，道：「說得對，慕容前輩曾經說過，武功其實與大腦相關，武功練得好的人沒有傻的，都是聰明絕頂的人精，這才有可能將武功練至極處。」

「武功與大腦相關？」桐九皺眉問道，老衲點點頭，又補充說道：「慕容前輩當年是這樣說的沒錯，只不過，這其中的道理是什麼，俺還沒想透。」

桔梗點點頭，彷彿覺得老衲終於認同她所說的，繼續說道：「所以問題來了，這死士其實是一台人形機器，只聽命令便執行，不能也不需要讓他們獨立思考太多的，因為一想多了，便容易貪生怕死，而真想通了，哪裏還能做得來這樣人形機器的工作？但是，他們從事的工作又需要高智商，要怎麼逼著這群高智商的人不去做獨立思考呢，這是難題，而對於這個難題，朱元璋想出的方法是，必得要給他們一套深奧的武功練，等這些死士們練功入迷，就很難脫離這麼一個掌握武功完整學程的團體，每天都想練功，正所謂玩物喪志，讓這些貼身死士們除了武功之外，甚麼也不多做獨立思考，出任務便是出任務，殺人便是殺人，為君王擋刀便是擋刀，除了武功以外，這些死士生無可戀，若是能達到如此境地，便能真正掌握死士們的忠心，現代社會的誘惑很多，我是不知道新一代的皇帝們怎麼掌握身邊禁衛軍的心，可我們家族故老傳下來的話，便是如此解釋當年朱元璋，如何用這一套手段與心理去控制身邊死士的。」

桐九皺眉：「桔梗，新時代裏除了少數幾個國家如日本英國之外，已經沒有皇帝之稱了。」老衲搖頭，揮揮手道：「桐九，這次俺可也是支持桔梗的，新時代裏沒有皇帝，只是沒有皇帝的這個稱謂，但那些政治領袖的心中，可能，還是認為自個兒是皇帝的。」桐九嘆了一聲，要說些甚麼，卻終於沒有說出口。

三人一時無語，老衲低頭將桔梗的話從頭到尾想了一遍，忽然眼睛一亮抬頭，道：「等等，桔梗妳的言下之意是，朱元璋當年讓劉伯溫請武功高手天粱來訓練貼身的死士，而且為了控制這些死士，這套武功應該還真的在這群貼身死士中流傳了下來……欸，現在還看的到這套武功嗎？如果現在還看得到，那就能真正證明妳以上的這些話是可信的，對不對？」

桔梗點頭，道：「是，這套武功現在還看的到，當年北京城破，貼身死士們護著大明朝真正的太子一路向南逃難，逃到南方時，一個姓方的嬪妃受不了逃難之苦，拉著與她私下相戀已久的一個錦衣衛跑了，那兩人都是宮廷出身，逃去民間，根本沒有一般民間百工的技藝，是以要靠甚麼維生吃飯呢？民間與宮廷之中大不相同，天天開門七件事，茶米油鹽醬醋茶，都要銀兩，說不得，這嬪妃只得鼓吹著她的侍衛情人，將這套武功教出來，以教武維生，混口飯吃，只是改了個名，叫做是……」

桔梗說了個拳名，老衲與桐九面面相覷，萬萬想不到，這拳的來歷居然是這樣的，老衲搖搖頭，跟桐九說，今天桔梗說的這話俺們可得爛在心裏，否則要給人打死的，江湖險惡，沒證據的話可不要亂說，桐九說好，說，我只想好好練好功夫，誰想去招惹牽扯武林當中那票只問頭銜不問拳理天天考古歷史正宗不正宗的社交門面動物呢。

只聽桔梗又繼續說了下去：「除了那嬪妃教出去的一路，據說，當年那群貼身死士們還曾奉旨，將這套武功交給一位對南明政權有極大貢獻的軍師，這軍師學到以後，為了建立起反清復明的勢力，便在社會底層默默組織幫會，而對一些重要的幫會首領，這軍師便收他們為徒弟，教他們這套武功，藉此收攏人心，當作談判籌碼，控管幫會中各山頭彼此之間的暗流角力。」

老衲聽到此處，雙眉一軒，問桔梗道：「這軍師是誰?!莫不是那位『生平不識，縱稱英雄也枉然』的……」豈知桔梗居然賣起關子，道：「誰知道你們武林如此人心險惡，我剛剛聽老衲你這麼囑咐桐九不能說出去，那我也別跟你們說真名，免得你們出去亂說，惹事。」

桔梗這人很怪，溫柔起來也是挺溫柔，性子拗起來也是挺拗，說不講便是不講，把老衲氣得七竅生煙，她便是死都不肯承認這傳說中的擅武軍師，真名到底是啥。

最後還是桔梗在老衲的臉頰上親了一下，說，老衲我不是不跟你說，實在是害怕你牽扯武林過深，在外頭講錯甚麼話，被甚麼心胸狹隘之武人胡亂打傷，我桔梗的男友細皮嫩肉，碰傷一點皮肉我都心疼，真的不想讓你犯險嘛。

老衲聽桔梗如此軟求，也只好作罷，哼了一聲表示不悅便算，倒是在一旁的桐九看老衲與桔梗如此親暱，有些不自在，催促著桔梗繼續往下說去，「桔梗妳連說兩支武功，都是無法求證的，那有甚麼意思？若是無法求證，那前面說的那一大堆故事，豈不是沒有任何意義了嗎？」

只聽桔梗笑道：「桐九你忘了，我不是說我四爺爺會武嗎？除卻嬪妃一路與軍師一路之外，我們老朱家當然也會這套武功，當年朱元璋規定，老朱家的子孫一定要學這套天梁留下來的武功，否則這套武功掌握在他姓手裏，他姓之人一樣可以訓練死士，那我大明朱家哪裏還有優勢？所以太祖傳下遺訓，歷代朱氏子孫，每一代中都要有人傳承這套功夫，只是到了我爺爺那代，他們兄弟們都不想學，甚至根本不願相信這段歷史是真的。」

桐九不解，問道：「既然有傳下武功，為何桔梗妳爺爺們都不相信？」

「具體深入的原因要問四爺爺，不過我想可能是因為，這套武功中完全沒有出拳踢腳的動作，卻只是悠悠地運動著，或是站著不動發呆，像極了一套公園裏老先生老太太玩的健身操；」桔梗解釋道：「在我爺爺那輩，沒有人能夠相信這套像極健身操的動作，真的是古代帝王用來訓練侍衛的武功，而且大家只對做生意賺錢有興趣，誰喜歡天天流汗練習一些不知道是甚麼的健身動作？只有四爺爺始終堅信不疑，把這套完全不像是拳法的東西給學了下來，而且，好像還真給他練出神奇的武功。」

老衲聽到此處，耐心已經壓破零點來到負值，忍不住開口問道：「前面妳不講那軍師的名字，也就算了，現在妳總應該講一講這套武功到底叫甚麼名字吧？不然一直武功來武功去的，很煩。」

「據說當年天梁留下這套武功時真的沒有留下名字，所以那方姓嬪妃傳出去的還有那軍師傳出去的，都叫做不同的拳法名稱；不過我們朱家呢，叫這套武功『生生功』，意思是說，這乃是一套生生不息的功夫。」說到此處，桔梗白了老衲一眼，又道：「真不知你們這群武林中人，天天那麼糾結名相做啥？叫甚麼名字重要嗎？到底是在練武功，還是在玩文字考古遊戲啊？哼。」

Chapter. 11

話說那日，桔梗說完她們老朱家的武功來歷之後，老衲便央求桔梗帶俺與桐九去見朱四爺爺，當年老衲與桔梗正打得火熱，可是卻從來還沒有見過桔梗的父母，桔梗說，一下子要帶男友去見家中長輩，卻是先跳過父母，見那家族中人人爭議的四爺爺，實在讓她有些猶豫，老衲一聽，嘿，鼓動三寸不爛之舌說，見朱四爺爺，可與咱倆的感情分開看，妳約四爺爺時只要說這兩個人是我的同學便好，其他的不必多說，讓俺來應付，桔梗想了幾週，經不住老衲與桐九好話說盡，於是只好點頭答應。

朱四爺爺住的地方，是在舊時天母的巷弄間一棟老舊公寓，只有四層樓，樓底入口處連個大門也沒，就是一個半月牙形的穿堂進去便上樓，四爺爺住的是頂樓，記得那天正是夏暑熱溽之日，一行人走上頂樓，門鈴按過登門進去，裏頭連一台冷氣也沒裝，老衲的衫那時從裏頭流汗濕到外層冒水，連內褲也濕一半，極不舒服，可是當時真是一點感覺沒有，心中充滿著即將拜見高人的興奮情緒。

那木門伊呀一聲打開，老衲抬頭一見，欸，原來這朱四爺爺長這個樣子，約莫六十歲上下，滿頭白髮如銀，下頷鬍渣卻剃得乾淨，高瘦而斯文，雙目炯炯有神，看得出來年輕時必是一俊雅瀟灑的男子，氣質很好，一看倒像是個大學教授，而不像是個武功高人兼入過警備總部又睡過精神病院的怪人。

朱四爺爺見老衲滿臉呆滯，笑了一下，招呼著俺與桐九進門，他茶早泡好，是台灣著名的高山茶，清香蘊藉，給老衲等三人倒上茶後才說：「心靜自然涼，我電風扇幾台都開著，你們再喝點茶，這茶好，是我今年留下的最後一點春茶了。」

朱四爺爺邊說，邊指了指茶几一旁擺著的茶袋，那茶袋很大，足有半人高度，放在地上，用厚厚的透明塑料袋裝著捆著，他說，「你們看這些茶，也是同一個地方來的，可已不是春茶了，這點東西我自己喝，招待你們的是我茶桶裏剩的一點春茶，桔梗的朋友難得來，咱朱家可不能丟臉。」

朱四爺爺說完，對桔梗眨眨眼，桔梗臉一紅說，「四爺爺，好久沒見你，一來你就糗我！老衲與桐九都只是我的同學，你不要自己做過多解釋啦。」朱四爺爺哈哈大笑，說好好好，是同學，是朋友，我也沒說是甚麼啊，年輕人多交朋友，好的。

閒話家常完，老衲即刻說明來意，從桐九說起，說桐九這個人身子骨瘦小，打不過那些身強體健的壯漢，可他偏偏喜歡習武，打不過硬是要想辦法打，聽桔梗說，四爺爺你會神奇的武功，特別來拜見四爺爺，想要見識學習一下。

朱四爺爺聽老衲解釋完，目光掃了掃桐九，有些驚訝，說道：「他習武？合適嗎？」桐九表情一沉：「四爺爺，我練武很認真的，為什麼不合適？難道是因為我個子比較小嗎？」

朱四爺爺皺眉：「你……我看你不是體格嬌小而已，你……天生肌肉量就少，聽四爺爺一句，高中生少打架，多讀書，將來考個好大學，那才是正經事。」

桐九堅持：「四爺爺，你不知道，我在學校私下約架，已經打過不少人了，李桐九之名講出去，在學校裏已經算是有點名聲的。」桔梗在一旁也幫著說話：「對啊，四爺爺，你別看桐九個子小，他在我們學校，打架是有打出一點名氣來的，連那個高二的泰公子，上次都點名要桐九去見他呢！」

老衲聽到桔梗此話，倒抽了口涼氣，道：「泰公子？是那個家裏超級有錢的泰家二公子？」桔梗笑道：「對，老衲你不關心朋友喔，居然不知道這事。」桐九揮了揮手，阻止俺與桔梗繼續討論這話題，他道：「哼，那沒甚麼，泰公子只是抱持著見奇珍異獸的好奇心找我，我才不去。」老衲皺眉說道：「那泰公子世家出身，他找你，俺怕是不只是想看奇珍異獸而已。」

朱四爺爺見我們一眾少年人七嘴八舌，說個沒完，打斷話頭笑道：「既然桐九已經打過不少人，也闖出一些名聲，想必功夫已然不錯，那為何還想要來看我的功夫？回去好好練老衲教你的東西便好，他的功夫我聽桔梗說過，都是正宗，包管沒錯的。」

桐九搖搖頭，道：「不行，張狂學長雖然已經不敢主動惹我，不過我知道我還沒有把他打得心服口服，加上那幾個練拳擊的，練角力的，更不要說隔壁那間私立高中與對面那間高工裏的幾個高手了，我光靠老衲教的東西，根本不可能鬥得過，我需要一些別的東西，才能真正克服體格上的差距。」

朱四爺爺嘆了口氣，道：「桐九，練武功是很好，但如你這般四處尋人打鬥，好像有些脫離練武的目的？練武不是用來到處打架的。」

「四爺爺你這話說得不太對，練武不打架，那要做啥？怡情養性還是自我陶醉？那不如去跳舞或是做體操啦！」雖然老衲也不贊成桐九在校園打架，但聽朱四爺爺如此說法，老衲還是忍不住插口反駁。

朱四爺爺搖搖頭，道：「我老朱家的東西，得來不易，是祖上傳下來的天下至寶，對祖宗牌位發過誓，決不把這東西交給好勇鬥狠之人，我朱鳴一輩子教了十二個徒弟，只教錯過一個，便已後悔終生，臨到老來，可不願意再教一個讓自己後悔的徒兒。」

朱四爺爺盯著桐九的眸子看，又說：「你這眸子特別，色帶棕黃，可見祖上也許混了些異國血緣，相書上說，這樣的孩子天生帶著戾氣，你又練武，將來萬一走偏了可不得了。」

桐九聽朱四爺爺這般說話，瞪著他不發一語，過了許久才輕輕說道：「四爺爺，我從小跟著奶奶生活，你不知道我受過多少欺負……我……我想要當一個真正的男人，保護奶奶，也保護我自己，我練武功……因為武功會讓我……變得比較不害怕。」

老衲當時聽桐九說這段話時還不感覺甚麼，現在想來，感慨萬千。

要想人生無懼，那是談何容易之事？又豈是練武可以解決的呢？

倒是朱四爺爺聽到這話，啞然失笑，「當一個真正的男人？變得不害怕？唉！」他說完又嘆了口氣，才道：「這說法與想法……有些古怪，不過桐九你真性情，想甚麼就說甚麼，四爺爺很是喜歡。」他站起身來，對俺與桐九招招手，道：「你們遠來是客，想看我的武功，那就進來吧，請。」

朱四爺爺家中，有一間專門的練功房，腳下鋪著素色地毯，牆上刷了黑板漆，用白色粉筆畫著一些火柴小人與一些密密麻麻的小字練功筆記，很是奇特，老衲當年一進四爺爺的練功房，恍如似在靈鷲宮後山後壁一般，四處都是武功秘笈，很是覺得不可思議，著實嘖嘖稱奇了一番。

桐九卻不管這些牆壁上的奇異圖案，原地跳了幾下，渾身扭一扭，熱身完畢，便向朱四爺爺說道：「四爺爺，我們是看你單人表演，還是可以來真的，上手試試你的功夫？」

朱四爺爺大笑：「武功本來就是雙人運動，柔道如此，劍道如此，我們中國人的武功與武道又豈能例外？上來，讓四爺爺看看你都跟老衲練了些甚麼。」

「好。」桐九叫道，話音未落，在他答應一聲的同時，桐九已身形竄出，搶先出招，右拳直奔朱四爺爺的頭面，引四爺爺一招架他右拳，桐九的左手便要從肘下穿出抓他招架手，隨即雙手一橫扯，配合底腿一拐，上下盤形成一股反向的剪力，要將朱四爺摔倒。

這招是桐九當年的得意技之一，他給這招取了個名字叫「葉底藏花」，前手拳可虛可實，對方若是不招架，便扎扎實實給對手頭面上來一下，若對方招架，那麼後手後著從肘下穿出的變化源源不絕，可摔可拿也可一換手便再打，桐九那時與朱四爺爺第一次見面，想說摔法比較可以控制，若是拿法，不拿緊容易掙脫，拿緊了又怕挫傷關節，直接換拳換手打那場面更難看，所以一上手便想用藏花接捽的方法弄倒朱四爺爺，看四爺爺倒是可以用甚麼法子解開。

說得遲，那時快，桐九與四爺爺兩人交手只是在電光石火的一瞬間，老衲雖在一旁看著，卻也沒能看得清楚，僅見到桐九的確是牢牢地抓扯住朱四爺爺的手臂，可待他一橫扯時，朱四爺爺的手隨著桐九的手畫了一小弧圈，接下來沒見四爺爺怎麼動，桐九的身體便整個騰空飛起，後背撞上練功房的粉牆之上，砰的一聲，力道之大，彷彿整間屋子在那瞬間都搖晃了一下，桐九從牆上滑了下來，一臉錯愕，好像剛剛飛起來的不是他的身子一般，完全不知道發生了甚麼事。

Chapter. 12

老衲當時從沒看過這種打法，吃了一驚，連忙上前問桐九，「你沒事吧？」桐九搖搖頭道，「再來。」身形一壓低，又對朱四爺爺攻了上去。

桐九第二次與朱四爺爺交手，便小心上了，知道四爺爺的力道大，所以桐九刻意更壓低了身子進攻，他採用他自創的「蜻蜓點水」式打法，一打就走，拳不停留，每拳都換不同角度攻擊，忽然打頭面左右太陽穴，又忽然下潛打左右脾肝的身體部位，而且每拳出手的角度各自不同，有斜有直有拐，企圖不與四爺爺糾纏上手，可是四爺爺這邊卻是以不變應萬變，右手伸在前頭，手掌張著罩住桐九，隨他的攻擊位置而讓整條手臂左右擺動，像極了一條鞭子一般，又像一頭昂起蛇頭的眼鏡蛇，而每當朱四爺爺的整條手臂任一處沾上桐九的拳鋒，桐九的身子必被帶得一晃而重心不穩，隨即四爺爺要嘛一下按，要嘛一前擠，動作平凡無奇，可是力道大得嚇人，朱四爺爺每次一蹭，桐九都被打得離地而起，撞上後牆而止。

桐九試了幾次，終於停手，朱四爺爺看著他笑道：「怎麼樣，還試嗎？」桐九默不作聲，倒地便拜，對四爺爺磕頭，說道：「四爺爺，請教桐九武功。」

朱四爺爺笑著將桐九扶起，還沒說話，桔梗卻忽然插嘴說道，四爺爺，先等等，老衲都沒還試你的功夫呢。

桔梗說完話，又向老衲眨了眨眼睛，俺哼了一聲，心想，這桔梗就是頑皮，老是愛看老衲出糗，桐九練功比老衲認真一百倍，他都不行，俺在四爺爺手下哪裏還有活路？可是女友既然出聲，好友也在一旁，老衲怎好意思推辭，只好走上前去，與朱四爺爺說道：「論身手俺不及桐九多矣，他都不行，俺肯定不行，不如這樣，四爺爺能不能做慢一點，讓俺抓著，輕輕感覺一下，四爺爺剛才到底用甚麼手法把桐九打出去的？」

說實在話，朱四爺爺這種打法，以老衲當時的眼界還真沒看過，第一次看，總覺得四爺爺肯定用了甚麼奇異的把戲（trick），才能把桐九如此輕易地像扔皮球一樣扔出去，如果俺接近一點，偷偷抓緊一點，再叫朱四爺爺手法慢一點，那麼這人被打飛起來的效果，興許看起來就不會那麼誇張了。

只聽朱四爺爺笑罵說道：「好呀，你們這些死小孩，先來武比，再來文比，我先前教的十二個徒弟沒一個敢對我這樣沒大沒小的。」但他笑罵歸笑罵，手還是伸了出來，又說道：「來，老衲你拿兩隻手都來抓緊，別放鬆，免得到時又覺得四爺爺騙人。」

老衲見四爺爺毫無防備，手臂直直伸了出來，俺老實不客氣用兩隻手抓他一隻手，牢牢握緊，老衲高中時還沒發胖，瘦得像猴兒，可是朱四爺爺也不是魁梧之人，手臂抓上去雖有韌性，可也不見得有多少大塊大塊的爆發力肌肉。

朱四爺爺等老衲抓好，看了老衲一眼，又叮嚀說道：「剛剛我對桐九是手下留情的，但對老衲你可不會，今日讓你嘗嘗甚麼叫『內勁』的滋味。」

那時老衲的手抓得緊緊的，心想，哎，那種公園裏太極拳大師的發勁表演俺看得多了，接勁的一方被推得東倒西歪，可是其實都是因為他們全身放鬆接勁，人在放鬆之下，被另一人猛推一把，當然倒地，這一點兒也不稀奇，俺現在抓你，可是拿出吃奶的力氣抓緊，你若還能把俺推開，那算你……

沒想到老衲的心事還沒想完，便感覺朱四爺爺的手臂上忽然生出一股大力，那股大力大得簡直沒法反抗，只是一抽一晃，人便有失重之感，隨即腦袋一片空白，整個人飛在空中，撞上後牆，然後順著牆壁滑了下來，五臟感覺翻江倒海，半晌說不出話來。

『這種感覺完全無法形容。』

老衲當時腦中只有這麼一句話，很多年後，很多人問過老衲當時的感受，老衲也反覆說過那第一次被『內勁』打出的感受，老衲只能這麼描述，內勁發動時之快之猛，是超乎你原來的想像的，真的與被蠻力推出的感受完全不同，好比車子撞上來，你根本來不及擋或抵抗，人便飛了出去，又或是，其實拳譜中早說過的，「力慢勁快」，便是這個道理。

回到當時朱四爺爺的練功房中，老衲從牆壁上落了下來，深呼吸了幾口氣，這才反應過來，說道：「四爺爺，這是甚麼東西？」四爺爺不答話，招了招手又讓俺上，老衲當時心想，那隻手臂有古怪，朱四爺爺一個高瘦乾扁老頭，何以手上能生出如此大的勁力？想再探探，一出手都是往牽制四爺爺手臂的招數上去使，可四爺爺的前手好像一條鞭子，隨意甩動，一沾便黏上了，再跟著一下掛或一直撐，俺便飛了起來，撞在牆上，朱四爺爺前頭把桐九打出去，還留了力，可是對老衲他可是全力施為，那勁力雖然沒有直接打在身上，可是直透臟腑，飛出去後又與背後粉牆對撞，極不舒服，挨上個兩三次，老衲就搖搖手不幹了，連稱拜服，這時桔梗才笑吟吟地手叉在腰上，道：「怎麼樣，我的四爺爺功夫還不賴吧？」

老衲深呼吸了幾口氣，確認體內沒有內傷，才白桔梗一眼說道：「俺從來沒有懷疑過四爺爺的功夫好嗎？」說完又轉頭問朱四爺爺道：「四爺爺，您這是什麼玩意？有點像公園裏的太極拳，可勁力卻猛烈百倍，速度也快得多，抓都抓不住，即使抓上了，想抵抗也抵抗不了，真是奇哉怪也。」

老衲這人向來勢利眼，前頭沒見到朱四爺爺的真功夫前，還跟他老人家你啊你的沒大沒小的叫，一被朱四爺爺打出去，立時換一副嘴臉，「您」字立時出口，以示尊敬。

朱四爺爺正要說話，桐九卻忽然出聲：「是內寧奴的霜氤！四爺爺用的正是慕容前輩口中說的霜氤！」他拉著老衲說：「老衲你記得嗎？慕容前輩說，那寧奴一用霜氤，他便整個人飛出去了，跟我們剛剛一模一樣！」

朱四爺爺皺眉：「寧奴？霜氤？慕容前輩？那些是甚麼？」桔梗也一挑眉，連問：「寧奴？好像是女生的名字呀！」

老衲揮揮手道：「這故事說來話長，上次與桐九說過一遍，累得精疲力竭，以後得空，俺會把慕容前輩的故事寫出來，到時候再請朱四爺爺過眼點評，但是在此之前，老衲想聽聽四爺爺您怎麼解釋剛剛的東西？」

朱四爺爺道：「這東西其實也不神奇，就是中國傳統的內家拳講的『內勁』，也有人稱之為『功夫』的，不管它是甚麼，若是沒有這東西，拳架都只是外在的花架子，」四爺爺一面說，一面做示範，「好比這一下連格帶抓，我沒用上內勁，那只不過將你的來拳擋開，可是這沒用，第一，我擋開你的右拳，你還有左拳可以打我，第二，在兩人快速拳腳交接的時候，我不一定能夠精準地格擋開你的來拳，因為在交手中，對手不會照著你的想像運動，對手會有虛實變化的假動作，對手會有全力掙扎的扭動擺脫，所以若是只學習了這個格擋的外在動作，在交手中不能說沒用，但用起來會處處受限。」

桐九與老衲都點了點頭，想一想過往的練習方式，似乎的確存在有這樣的缺陷。

「但是呢，如果是這樣，」朱四爺爺讓桐九快速地打他三拳，桐九出手，朱四爺爺身子稍微偏閃，隨即一拍一抓一拉，便把桐九拉了個跟斗，「你們看，如果我用上內勁，格擋拉人的效果便不一樣了，」一拉一個跟斗，桐九站得穩穩地時當然可以快速出拳，但若用內勁一拔他根，他站立不穩，動作自然慢了，」四爺爺接著用一橫肘吐力，將桐九輕輕彈送出去，這次可能四爺爺已經知道顯過功夫了，於是發力便不像一開始那麼猛烈，次次把人往牆上掛，「在對手踉蹌之際，一發必中，當然這其中不是真如我說的那麼簡單，還得有沾黏貼靠與鬆掛吸提的功夫才成，你們懂了嗎？」

四爺爺說完，站定在練功房的中間，那時外邊的陽光正好，透過落地窗進來撒在他的身上，搭配四爺爺的銀髮飄動，帥勁十足，老衲當時想，很多電影中老是喜歡找年輕的俊男美女來演，怎麼就沒人想到可以拍一些更深沉的題材，找一些伏櫪老驥而有閱歷有味道的人物來演？他奶奶的，老衲以後寫故事，主角偏偏要來多寫老頭，好叫看官們得知，不是只有青春衝動與無知的故事才好看，老而深沉，老而淬鍊，也是一種精彩。

扯遠了，正在老衲浮想聯翩時，聽到桐九問道：「四爺爺，您這用的便是桔梗說的『生生功』嗎？」

朱四爺爺點了點頭，又搖了搖頭，道：「可以說是，也可以說不是，生生功是老朱家傳下來鍛鍊內勁的功法，可是體用體用，有『體』還要有『用』，這『體』我固然用得是生生功；但在用法上，我拿的卻是太極拳的東西。」

老衲一聽，忍不住撫掌大笑，叫道：「難怪，俺覺得四爺爺每一動作中，都有一小圈的勁兒，一圈住便被打出去了，原來這便是太極！」緊接著又說，「不過，四爺爺你這太極，可跟公園裏些老頭兒老太太耍的太極大不相同啊。」

「嘿，我這是我自己研究出來的太極，原汁原味，完全按照太極拳論，十三法，還有亂環訣，虛實訣，陰陽訣等練出來的，除此之外，裏頭還有奇門遁甲的東西，怎麼會跟外邊的一樣？」

「四爺爺教我。」桐九心情激動，可是他生性比較木訥，說不出啥花稍的言語向朱四爺爺求師。

朱四爺爺招招手，招呼老衲桔梗與桐九重新去客廳坐下喝茶，一邊又說：「教人不是問題，但這其中有一個難處，你們先喝口茶，再聽我慢慢說來。」朱四爺爺說完，又給老衲桔梗與桐九重新將茶斟滿。

不過那時候，俺與桐九怎麼還有心情喝茶，也不管那茶水多燙口，老衲仰頭一倒，便將杯中之茶喝乾，一亮杯底，放下便說：「四爺爺您有甚麼難處便說，沒的叫人等得心焦。」

朱四爺爺笑道：「桔梗妳這男友性急得很，妳以後可苦了。」桔梗聽這話，臉便漲紅，搖頭說道：「四爺爺你別亂說，老衲他……我沒說他是……」

老衲在一旁看四爺爺捉弄桔梗好笑，本來也想加入四爺爺陣容一起捉弄桔梗，可又一撇眼見到桐九在一旁甚麼話也不說，心知他肯定心急，於是大喝一聲道：「咳，人生白駒過隙，轉瞬即過，哪有甚麼時間婆婆媽媽吞吞吐吐的，四爺爺您有甚麼難處，便爽爽快快劃下道兒來吧！」

「老衲你聽戲真多，說話都戲文化了，」朱四爺爺一笑，隨即正容說道：「我這太極拳沒傳承，都是我自己研究的心得，雖然聽著有意思，可若是不學老朱家的生生功的話，那些太極也都只是理論架構與外在功架，在實際動手中是發揮不出來的，但是呢，我老朱家的生生功在傳承上有個規矩，每一代傳人，只能收外姓弟子十三人，多了不教，以免朱家的武功流出去到閒雜人等手上，糟蹋了好東西。」

朱四爺爺目光炯炯地盯著老衲與桐九：「對，我知道你們要說甚麼，我朱鳴這輩子已經收過磕頭拜師的徒弟一十二名，所以現在，只能再多收最後一名關門徒弟了，抱歉，你們當中，我只能收一個，你們自己決定是誰吧！」

Chapter. 13

桐九一聽朱四爺爺此說，兩人之中只能收一個當徒弟，臉上便顯疑難之色，老衲卻是在一旁哈哈大笑，說：「這有何難，四爺爺您若願意教，那便收桐九吧，我老衲生平是最討厭練拳學拳的，」俺話說完，轉過身來拍拍桐九，道：「桐九，你還不趕緊敲釘轉腳，給四爺爺磕頭！」

「老衲，那你呢？」桐九問道，老衲搖搖頭說，「俺本來就是隨緣的個性，武功雖然好玩，可是世界上的東西好玩的甚多，也未必要非玩武功不可。」桐九躊躇了一下，說，「老衲不學，我也不學。」「嘿，你管俺幹啥，四爺爺的生生功厲害，你學了對你大有好處，但對俺可不是這樣，這功夫的價值於你於俺，並不相同，桐九，人不能太為朋友著想，長此以往，行走江湖會吃大虧的。」老衲這人有些古怪，人家討厭老衲，老衲固然不開心，但朋友對老衲太好，老衲有時也怕虧欠得人家太多。

桔梗見俺與桐九僵持不下，互相推讓，她轉頭求懇朱四爺爺道：「四爺爺，老衲與桐九都是我的好朋友，你看在我的面子上，兩個都收，好嗎？」朱四爺爺搖搖頭，說道：「規矩就是規矩，如果可以隨意打破，那還成甚麼規矩？」

「等等，四爺爺先且請聽老衲一說，」老衲當時一拍腦袋，靈光一閃，說道：「這條朱家的生生功門規，是因為不想多傳外姓子弟，可是呢，如果現在桐九拜了四爺爺您為師，他最終還是會回來教我生生功的，如此一來，這生生功不還是流傳出去了嗎？而且桐九悟性很差，搞不好他自己沒學好功夫不算，等再傳出來的時候，還會把四爺爺您的生生功給胡亂捏造，隨意解釋一番，這時候俺老衲一看，呿，生生功就這玩意啊？一點內涵也沒有，說甚麼朱家秘傳，還不如外頭那些光明正大的門派功夫呢。」

朱四爺爺聽老衲這一番話，眉頭一皺，心知是激將之法，但不知老衲到底想激些甚麼，葫蘆裏頭賣甚麼藥，他遲疑道：「老衲你說的情況，在中國傳統門派中所在多有，很多號稱是傳奇大師的親傳弟子，功夫一拿出來，卻都是些不堪入目的健身操，有些人甚至連最基本的技擊也不懂得，真不知跟在傳奇大師身旁時，都學些甚麼去了，哎，說到這真是一言難盡，真是中國傳統文化的和稀泥風氣之悲，柏楊有一本書，說中國傳統文化是醬缸，說得真好，」朱四爺爺嘆了口氣，又問：「不過，你提這些來幹甚麼？依你之見，又該如何？」

老衲笑道：「提這些，是俺在幫四爺爺您著想，您看啊，老衲是這樣想的：雖然桐九與老衲年輕，也有一些底子，可是若四爺爺前頭的十二個徒弟功夫很好，足以傳承，也足以代表您的武學，那麼四爺爺肯定不會對桐九與老衲這麼感興趣，更不會在第一次見面，就使出真功夫讓俺倆震驚，可見得四爺爺對俺們是有興趣教的，不是完全排斥。」

朱四爺爺聽老衲胡扯一通，嗤了一聲，不置可否，只道，說下去。

「老衲又想，四爺爺的功夫的確高絕，不是凡品，若是讓一般的年輕人來學，肯定學習不了，又或者是根本看不懂，識不得好貨，所以四爺爺前頭雖然收了一十二個徒弟，但是肯定都是有些年紀的，不像是桐九與老衲青春正茂，年華方遒，若要將四爺爺的功夫傳下去，那麼桐九與老衲的年紀，那是剛剛好，不像前頭那幾個師兄，學則學已，要傳承，只怕傳承不下來，更何況……」

「更何況啥？」朱四爺爺挑眉。

「更何況四爺爺您不斷提到，前頭收的十二名徒弟當中，有一名徒弟收壞了，這想必是您的心頭之痛，老衲想，若是四爺爺您收下桐九與老衲，那麼俺們功夫雖然粗淺，但二人合力，其利斷金，也許就能夠幫您收回這名壞師兄的功夫，解決四爺爺您的心頭之痛。」老衲一口氣說來，把底牌亮出，心下揣揣，也不知俺說的對還是不對？但人生總是不能考慮太多，在關鍵時刻要學韋公小寶的豪氣，一翻兩瞪眼，賭了。

只聽朱四爺爺冷笑一聲，道：「你這老衲，心機可真重，小小年紀便已如此，將來還怎麼得了?!你的推論有幾個破綻，一，你如何知道我的真功夫要傳外姓，而不傳朱姓本家之人；二，你又如何得知，我們朱家的生生功，傳出去了，還可以收得回來？」

「回四爺爺的話，桔梗跟俺說過，整個朱家沒有人相信祖上傳下來的功夫有用，而且即使有用，在她們這一代的年輕朱姓男丁當中，沒有一個人對練武感興趣，所以老衲想，這朱家祖傳的生生功，傳到四爺爺這一代，該是要廣傳外傳的時候了，不能再保守，」老衲吞了口口水，又道：「而至於收回功夫，老衲曾聽慕容前輩說，咱中國的傳統技藝都是這樣的，有破便有解，有點穴，便有解穴，有毒藥，便有解藥，說到這神奇神秘的朱家武功，老衲相信，四爺爺您能教人練成生生功，肯定也能將教出去的功夫收回去，只是怎麼個『收功』法，老衲想不到而已。」

老衲自行將茶杯中的茶斟滿，以茶代酒敬了朱四爺爺一杯，再說道：「老衲有個提議，四爺爺您考慮看看，四爺爺您收桐九為徒就好，但讓老衲在旁邊跟著看，但不以師徒相稱，這樣一來，一方面讓桐九有個拳靶子，另一方面兩人也互相看著，不練歪不走偏，好比古代公子讀書，得有書僮陪讀，現代桐九練武，老衲充當他的拳僮陪練，再說，老衲可以立個誓，此舉完全是幫助桐九練功，與俺自個完全無關，將來老衲絕不外傳生生功，也絕不敢號稱是朱家門徒，四爺爺，您看這樣好不好？」

看官們要知道，當年武林當中最重傳承名份，有許多人巴不得能夠有個漂亮傳承可以包裝自個兒，讓自個未來在與武林中人或圈外人吹牛吹水的時候，可以大放厥詞胡說八道，又或者在未來教拳招攬生意的時候，有個好聽頭銜以利廣告，有說是秘傳神拳唯一傳人的，又或者說是啥傳奇大師關門弟子貼身徒弟的，人人為了這些根本不要緊的虛名搶破了頭，而人人都喜歡自吹跟在某某大師身旁幾十年云云，讓外人看得莫名其妙。

老衲當年每次看到這些人，總是以小人之心度君子之腹，總是心想，吹師父功夫高傳承正，就等於是暗示自個兒功夫高傳承正，吹自個兒跟師父的年頭長，就是在暗示學者也要跟自己的年頭長，也要多繳些束脩才能學到真功，回想那年代，人人都喜歡在這傳承的理路文字上下功夫，人人都喜歡在學拳的年月上無限拉長，現在仔細想來，其實很是荒謬。

老衲向來是武行裏的怪胎，誰練得好便跟誰練，最討厭講傳承比輩份，想那盤古開天洪荒未有之際，人類與人類打將起來，回想那時候，人與人相搏的技術便已經開始開展了，可當時，又有誰講傳承呢。

扯遠了，說回那天，朱四爺爺一聽到老衲這項提議，眼睛一亮，說道：「老衲你真能不計較輩份名份與門派傳承，而且學了我的東西，發誓不傳出去？也不以生生功傳人自居？」

老衲嘿嘿一笑，指天立誓：「俺老衲一言既出，甚麼馬難追，既然答應了四爺爺，那當一世遵守，永不反悔。」

朱四爺爺哈哈大笑，說：「本來以為你有心機，現在聽來倒是個爽快漢子，事事為旁人著想，好吧，既然你敢講，那麼我便敢信你，你不拜師，那我朱鳴便只收桐九罷了，擇日不如撞日，今日便開香堂辦拜師典禮，如何？」

桐九與桔梗聽朱四爺爺這麼說，還有猶疑，可都被老衲一拍，低聲說道：「事不宜遲，夜長夢多，敲釘轉腳，四爺爺要收關門徒弟了，那是多大的緣份，桐九還囉嗦甚麼，趕緊磕頭吧！」

當年朱四爺爺要求的拜師典禮很簡單，無非只是到街上去買三種素果，每樣三顆，分別在三碟盤子上疊起，三三得九，以示本門功夫生生不息之意。

四爺爺家有祖宗神壇，桔梗是朱家人，便充當引進師，讓桐九對朱家祖宗磕九個頭，再給四爺爺磕九個頭，上香，再獻劍獻酒，儀式便完成了，簡單，卻不馬虎，朱四爺爺在給朱家祖宗上香時，口中唸唸有詞，老衲想，約莫是報告祖宗神靈們保佑朱家生生功有後吧。

閒話休敘，儀式舉行過後，朱四爺爺便一招手，叫桐九與老衲進去練功房，說道，這朱家的生生功，說來奧妙，其實很是簡單，只有九活六通三顫，十八個動作而已，我前頭的一十二名徒弟，最多都只有學過九活六通，這三顫法我從來不教，桐九，你是我的關門徒弟，可得好好練，把三顫法也給學進去練進去，知道嗎？

四爺爺說完，對老衲眨了眨眼，意思是，便宜你這小子了！

Chapter. 14

中國的學問自古以來件件精彩，談哲學有儒道墨法，談藝術有詩書畫印，從天文地理到農業冶金造船建築數學，哪一樣都是當時的世界之冠，別的不說吧，就說那瓷器，中國最早從宋朝時期就開始玩瓷器，甚麼青花天目，汝窯官窯，把落後的歐洲人迷得一愣一愣，由宋至有明一代，中國一直是全世界瓷器界的霸主，講競爭，都是在中國內部競爭的，甚麼五大名窯，甚麼九大名釉，外國人根本沾不上邊，這商業龍頭壟斷的地位，一直到英國帝國主義興起的十八世紀，才由一英國人Josiah Wedgwood打破，這Wedgwood厲害，見中國瓷器獨霸全球，風靡歐洲上流社會，連荷蘭第一畫家Vermeer都忍不住將這全球極致奢華的工藝品畫入作中，他老兄一看，不甘心歐洲人居然沒有屬於自己的瓷器，於是Wedgwood拉幫結派，搞實驗工廠，經過上萬次的實驗後，終於掌握了燒瓷的秘訣，燒出瓷來，獻給英國女皇，還登記了一個叫Wedgwood的瓷器品牌公司，加碼再搞了一套女皇御用瓷器系列限定款，將當時英國的夏綠蒂后Queen Charlotte

捧得花枝亂顫，不要不要，一聲令下，讓英國全體皇室遵從愛用國貨的政策，從中國瓷改投英國瓷的懷抱，從此算是打破了中國瓷在全世界的時尚領導地位，可是，這掐指一算，中國瓷器也已經在全球的時尚領域獨領風騷七百餘年了，一個領導世界七百年的品牌與技術，在商業領域上終於被對手殺下馬來，無論如何，並不算得是失敗。

更何況，老衲估計那Wedgwood其實根本不懂甚麼叫做真正的「瓷器」，這所謂的正宗英國Wedgwood瓷器，只是英國人在保護主義下搞出來的山寨品，在中國瓷的圈內行家眼中，那是不值一提的三流貨色，咱中國的瓷器，講究的是燒出瓷來的火與土，用火的木材不對，捏器的瓷土不正，那都是次貨，哪入得了方家法眼呢？可人家英國人不管，硬是在萬惡的帝國資本主義與國家保護政策下，用粗製濫造的三流瓷器，把細緻端莊的正宗中國瓷市場給挖去一大角，從此之後，這瓷器市場的風水輪轉好比中國國運，近兩三百年來，西風壓倒東風，讓東方的美感與價值觀一蹶不振。

扯遠了，不說瓷器，再說說魔術吧，中國自古以來便是全世界魔術界的最高水平標準，西方人一直要等到近代的魔術大師D.C.出世，才摸清楚要如何實現飛行、漂浮、穿牆等等魔術，而且可以在千人以上的眾目睽睽下進行，可是這些小把戲小魔術，早在兩千多年前的中國便有許多魔術師可以做到，單說這穿牆術，在中國古代的典籍中，見到穿牆術的紀錄簡直是族繁不及備載，只是那個時候，很多魔術師喜歡別人用另一個職稱來稱呼自己，比如說是道士方士之類，如此一來，才更顯得道法深奧，高深莫測，只可惜這些中國的古代魔術，都沒有很好地被保留下來，所謂五鬼搬運或梨種結果等等，都失傳在保守的中國魔術史中，殊為可惜。

另有一說，D.C.的祖父當年不知甚麼門路，曾得一份失傳的中國魔術秘笈，潛心研究，祖傳三代，才終於在孫子D.C.的手上將這些中國魔術復古復活，這說法雖然聽來神奇，但細想也並非完全是天方夜譚，畢竟瑞士的心理學大師榮格Carl Gustav Jung，都曾公開表示研究過中國道家的《太乙金華宗旨》其中玄奧，且獲益良多，D.C.一氏是猶太幻術世家，研究過中國魔術，根本不足為奇。

（D.C.家族的秘密極夥，本來的猶太姓氏也並非是公開的那兩套，不過這又是另一個故事了，略過不提。）

又扯遠了，說到這中國古代的學問件件精采，不過很奇特的是，中國自古以來沒有經濟學，只有政治學，而這自歐洲傳統中是說不通的，在歐洲古代的貴族教育中，講經濟必離不開政治，講政治必定離不開經濟，焦不離孟孟不離焦，政治與經濟好比紫青雙劍，又如九陽神功與乾坤大挪移，缺一不可，可中國雖然地大物博，臥虎藏龍，卻是始終只有帝王學，政治學，對經濟學那是叫一個一竅不通。

「老衲，你講了半天，到底要說甚麼？」桔梗不耐煩，出聲打斷老衲。

老衲一指街上，說：「俺要說，桔梗妳不要看這經濟學是小道，便小覷了它，看看，這條街雖短，可短短幾個路口，卻有十幾家中藥舖子，為什麼呢？按邏輯推算，如果街上已經有一家中藥舖，其他家中藥舖不是應該避之則吉以免互搶生意嗎？可是這條街上的中藥舖卻越開越多，這又是甚麼道理呢？大的不說，光是這一兩吉林參，街頭那家與街尾那家，價格便不一樣，可是卻俱都各自成立，幾十家店彼此屹立不搖幾十年，互相獨立又互相依存，又是為什麼呢？這些現象便是自古以來所有的中國學問無法解答的，只有讀歐洲的經濟學才可以解釋。」老衲清了清喉嚨，又道：「中國自古以來，便搞不懂經濟學，只有一本抱殘守缺的《鹽鐵論》沾了些邊，可是比起英人亞當斯密的《國富論》來看，簡直是小巫見大巫，夏蟲語冰，關公面前耍大刀了。」

桔梗雙手一攤，道：「老衲，我走得累死啦，你要不要趕快討論正事？」

「正事？」老衲努努嘴，一指桐九，「正事是甚麼，桐九你說說。」

「我們今天來這條街，是為了找一個人叫劉郎中，這才是正事。」桐九的回答一向四平八穩，少年老成，不像老衲飛揚跳脫，插科打諢。

「是，找劉郎中是正事，可是桔梗，妳知道上哪去找劉郎中嗎？」

桔梗回道：「我記得曾聽四爺爺說過，他的大徒弟姓劉，在這條街上其中一家中藥舖裏給人當郎中，只是到底是哪一間，連四爺爺也不曉得。」

「那就對啦，」老衲哈哈大笑，「所以俺一路上講一些有的沒的給妳跟桐九聽，不然你們倆哪有那個耐煩心陪俺繞這條街找劉郎中呀。」

老衲桔梗與桐九，那時已經在這條街上來回走了幾遍，要訪朱四爺爺的大徒弟劉郎中，很多人可能不知道，在當年中藥舖裏有一種神祕的職業，很多人呼之「郎中」，這郎中是甚麼呢？其實就是一種無照密醫，彼時台灣還沒有全民健保，一般的老百姓要看正規西醫的診，那醫藥費之高，是很多人是負擔不起的，所以全台這種無照秘醫的江湖郎中極為盛行，有行走郎中，也有駐點郎中，型態很多，據桔梗的情報，四爺爺首徒劉郎中的年紀比四爺爺還大，當時應該已經有八十多歲了，他一直在這條中藥街上的某家中藥舖中後廳給人當密醫，但若非熟客，絕不接診，以免萬一出了甚麼醫療糾紛，節外生枝，被政府查到，不只罰錢還得入獄，更可能牽連著前台的中藥舖麻煩。

那時太陽很辣，曬得桔梗不斷叫苦，雙手撐在膝蓋上喊腿痠又好熱，說道：「老衲，你要找劉郎中，一家一家問過去不就得了，何必在這街上走來走去，探頭探腦的，何不直接走進去問，有沒有姓劉的郎中便好？」

老衲搖搖頭，說：「桔梗妳不明白，江湖上消息走得快，若是俺們如此莽撞，打草驚蛇，讓這劉郎中不願見我們的話，那俺們這唯一的線索不是斷了？」

「劉郎中應該不是那種人啦，」桔梗道：「我小時候見過劉郎中一面，印象中他笑呵呵地，一副老好人模樣，雖然他比四爺爺年紀還大，但他讓我管他叫劉伯伯，我想他這種好人，如果聽到是四爺爺的小孫女要找他，他沒理由不見的。」

老衲卻不以為然：「那倒未必，俺找劉郎中，是為了從他口中打探出其他生生功傳人的下落，更要從其中找出四爺爺討厭的那名壞徒弟到底是誰，進而廢了他的功夫，但這名壞徒弟，四爺爺始終沒講是誰，所以這十二名徒弟都有可能，也許，也許就是這個劉郎中也未必，所以既然如此，俺們便不能跟他講太多，只能從旁觀察，默默行事。」

桔梗哼了一聲，轉頭桐九道：「你說呢？」

桐九道：「我的想法是，其實我們也不一定要幫四爺爺收回那名壞徒弟的功夫，而且，搞不好就連四爺爺自己也不一定想收回這人的功夫，要不，他怎麼不直接告訴我們這人的名字背景便好？」

老衲又搖搖頭，一拉桔梗，繼續在街上裝作觀光客繼續走著：「俺不管四爺爺怎麼想，老衲這人說到做到，先找出這人是誰，調查好他的人品性格，知己知彼，擬定好戰略戰術，再報告給四爺爺定奪。」

桔梗苦笑：「可是現在四爺爺連他收過哪十二個人，都沒告訴我們，我只記得這個唯一見過一面的劉郎中劉伯伯，曾在這條街上做秘醫，但是，這些都不知道是多久以前的事情了，或許現在劉伯伯早就收山退休不幹了，我們這些行動都是白費呢。」

「事在人為，如果連這一點小小困難都無法解決的話，還練甚麼絕世武功？笑話！」老衲在一家中藥舖前停了下來，那間中藥舖前擺了許多果乾蜜餞，老衲選了幾樣，放入袋中，抬頭一看招牌，心底打了個突，一拍桔梗與桐九，低聲道：「俺有預感，就是這間了，俺們進去。」

「選來選去，在太陽底下走了一兩個小時，結果就是這街頭第一家？」桔梗皺眉，一邊跟著老衲走，一邊低聲問道：「你怎麼知道？」

老衲指指那間中藥舖的招牌，低聲回道：「選日不如撞日，選店不如撞店，妳注意到了嗎？這家店叫做『景岳中藥舖』——這名字很有典故，應該是來自明代名醫張景岳，再加上俺掐指一算，此名醫好像與劉郎中身上的朱家功夫有些緣分，至少都是明代人，哈哈！」

桐九在旁又是一拉老衲衣袖，低聲問：「可是老衲你不是說這種密醫郎中不會輕易接生客看診，又叫我們不能打草驚蛇，如此一來，即使劉郎中是在這家中藥鋪秘密看診，我們又如何才能見的到他？」

「不入虎穴，焉得虎子，且看老衲手段。」老實說，那時老衲也是心下惴惴，可轉瞬之間，便有了主意。

話正說著，三人已進了中藥鋪，老衲將手上的果乾蜜餞一放桌上，叫老闆過來結帳，又是長嘆一聲，說道：「可惜啊！店名叫景岳中藥鋪，卻連張景岳的書都沒有讀過，可惜啊！」

Chapter. 15

那景岳中藥鋪的老闆，長得白白胖胖，約莫四五十歲，笑容可掬，一副生意人模樣，見老衲如此說話，趕忙湊上櫃前，恭恭敬敬地回道：「這位客人，不知您指的是什麼事情？」

老衲嘿一聲，指了指招牌，道：「你們這家店，名叫『景岳』中藥鋪，可是托明代大醫張景岳之名？」

那老闆看了看老衲與桔梗還有桐九，三個高中生一樣的人，本來以為只是在門口選些乾果蜜餞包回去吃，豈知道一開口居然問起招牌來歷，顯見是來挑事的，於是小心應對，笑了笑，只道：「景岳二字，讀過幾本醫書的都知道，那是明代張景岳先生的名諱，敝店取名景岳，當然是追思前賢之意，不知先生有何見教？」

「見教不敢，只是想問，不知您既為景岳中藥鋪的老闆，知不知道，這張景岳最喜歡用何種藥材？」老衲單刀直入，一句話問他。

老闆皺眉，道：「張景岳人稱張熟地，自然是喜歡用熟地黃的。」

「是了，」老衲拍手大笑，接著一指那藥鋪櫃上的玻璃瓶，那玻璃瓶中裝的是一塊一塊的烏黑塊狀藥材，接著說道：「這張景岳最喜歡用的熟地黃，可是你這店裏的熟地黃卻泡製不佳，最多只有三蒸三曬，火候不到位，效力有限，到時候配起藥來，恐怕壞了景岳中藥鋪的名聲啊！」

那老闆吃了一驚，與老衲拱拱手，問道：「尊台怎麼知道敝藥鋪的熟地黃只有三蒸三曬？這話可不好亂講的啊！」

老衲哼了一聲，道：「俺打小睡藥鋪長大，夜夜泡的是銅皮鐵骨湯，日日吃的是天王醒心丹，七歲以前，每日醒來都是被藥氣薰醒，說句不客氣的話，俺認藥比認字還早，難道還會看錯？這地黃一物，由生地黃要泡製至熟地黃，非得經過九次水蒸，九次日曬不可，少一遍都是缺憾，你這擺在櫃上的熟地黃，色黑而不墨，味甜而不香，老衲掐指一算，當只有經過三蒸三曬，而非九蒸九曬。」

那老闆眼睛瞇成一線，道：「你這話不對，天王補心丹是給老人家吃的，怎麼可以給小孩吃？」

老衲輕笑一聲，回道：「你這話一說，便知外行，俺吃的是天王『醒』心丹，不是天王『補』心丹，教你個乖，你可知道那天王補心丹的來歷？」

「天王遺下補心丹，為惘山僧講課難，這天王補心丹相傳是托塔天王留下的方子，專門治療神勞怔忡健忘，一般是給思慮過度，心氣不足的成年人服用的。」老闆歷歷數來，對方子歌訣療效，也算是熟門熟路。

「你這話說的沒錯，不過當年托塔天王，除了留下補心丹，還留下了另一條方子，名曰天王醒心丹，與天王補心丹只差一味藥，這你便不知道了吧？」

老闆皺眉：「醒心丹這名稱，倒是沒有聽過，不知用的是琥珀，還是硃砂一類的定神醒腦藥材……」

老衲揮揮手，做了一個否決的手勢，道：「天王醒心丹是補心丹的一道姊妹方，用的都是常見藥材，沒有那些稀奇古怪的東西，傳說中大明朝的開國皇帝朱元璋，也吃過這味丹藥，才能從一個癩痢頭無賴小和尚，脫胎換骨，魚躍龍門，變成一代霸主，開國皇帝呢。」

那老闆聽老衲如此說來，信誓旦旦，一時不知道該相信還是不相信，眉頭皺成一團，雙手抱胸，沉吟不決。

而桔梗在一旁聽老衲信口胡扯，卻有些不耐煩了，插口問道：「老衲你別扯甚麼明朝皇帝，我問你，你從小吃那天王醒心丹幹啥？」哎，女人就是這樣古怪，一聽到男人吃藥，便開始擔心東擔心西，只是老衲當時還不知道女人這般的心思規律。

「老衲出生的時候，囟門被插過一針，傷了心神，」桐九在一旁接口，「所以後來發展有些遲緩，都兩歲了還不會說話，那時有個走方郎中經過他家，開了一道方子給他吃，沒想到才吃了七七四十九天，老衲便開口說話了，這道方子，便是天王醒心丹。」老衲那時住在桐九家旁邊，天天跑去串門子，小時候的糗事一股腦兒都說給他聽，所以桐九對老衲的生平瞭若指掌，比桔梗還熟。

桔梗看了桐九一眼，眼神有些複雜，桐九又繼續說了下去，「後來老衲的老爹見這走方郎中如此神奇，便把此人養在家中，還出資入股，合開了間藥鋪，所以老衲從小幫他老爹顧藥鋪，對藥材算是有些許熟悉。」

桔梗聽完桐九的解釋，拍了老衲一下，一瞪眼道：「好呀你，不只會背詩，又會武功，還通中藥，你到底還有啥會的不會的才藝，一口氣說來聽聽，別老讓我驚嚇。」

老衲苦笑：「俺是十八般武藝，樣樣通，樣樣鬆，姑奶奶妳別太認真。」

「咳咳，少年人打情罵俏，也不害臊，先停停，」那老闆清了清喉嚨，一指老衲，道：「如此說來，這位兄台倒是同行，敢情是來踢館的？不知貴姓，尊名上下如何稱呼？」

「免貴姓老，免尊稱衲，俺法號老衲，你叫我老先生得了。」老衲拱拱手，接續又道：「不過老闆你這話不對，老衲雖是同行，可家中的中藥舖早就收起來了，而且俺早也離家出走，與俺老爹無涉，今日來，是來交朋友的，不是來踢館的。」

老闆一挑眉，問道：「交朋友？你說我這熟地黃是三蒸三曬，這還是交朋友？」

老衲誠誠懇懇地道：「俺真是好心提醒你，這條街上，開店賣藥材的不知凡幾，客人們不上別家買，而上了你這家買，那是相信你這景岳藥鋪的信譽，若是哪天被客人發現老闆你的熟地黃不靈，一傳十十傳百，信譽毀了，店也差不多該收起來了，香港四大才子的蔡瀾說，一家餐廳開始走下坡的時候，不是他們客人開始少的時候，而是他們用的食材開始偷工減料的時候，便是這個道理。」

那老闆見老衲如此說，沉吟不語，老衲又道：「不過俺也懂得老闆你的心思，九蒸九曬，實在太費人工成本，你這店鋪不大，如果與那些百年老店一樣如此下重本，盡心製藥，那無論如何是競爭不過那些家大業大的老店的，所以只好東省省西扣扣，在一些人家看不出來的地方，樽節開支，這是沒辦法的辦法，是不是？」

老闆長嘆一聲，道：「老先生說的對，我們這家藥舖開張才二十多年，當年是為了讓我爸能有一個地方落腳，但這條街上的中藥舖家家都是百年以上的老藥舖，我有甚麼法子能在這條街上站得住腳？只能靠價格便宜了，可是，這價格一便宜，要嘛工要嘛料，是非得用次一些的不可，否則怎麼划算？」

「不如這樣，老衲指點你一條明路，可俺醜話先說在前頭，老衲幫你的忙，你可也得幫老衲一個忙。」老衲用指節叩叩桌檯，雙眼放光。

「老先生先請說，要我幫的忙是甚麼？我得先思量思量，幫不幫得起。」那老闆也是生意人，未思勝，先慮敗，怕老衲獅子大開口，說一個他無法達到的要求。

「老衲要找一個人，姓劉，約莫七八十歲年紀，據說曾在這條街上駐店看診，醫術不錯，更兼有一身武功，但這事情可得偷偷進行，因為俺拿不準這劉郎中肯不肯見俺，萬一打草驚蛇，讓他躲著老衲，那就不好了。」老衲當時心中雖已有八九成把握，但還是老老實實地將想法說給那老闆聽。

果不其然，那老闆一聽老衲如此說，便哈哈大笑，直拍胸脯，道：「老先生勿慮，那劉郎中我熟，這事情包在我身上，只要你講的明路好，我可以保證讓那劉郎中見你。」

「說話爽快，俺喜歡你這人，」老衲伸出手來，與那老闆擊掌三次為誓，「說白了，也很簡單，老衲有個辦法，可以讓貴店從此生意興隆，不必靠省工省料這種小把戲。」

老闆一聽，眼睛一亮，嘴唇微微一動卻沒說話，靜待老衲繼續說下去。

老衲解下後背包，從裏頭掏出一個被舊報紙包的嚴嚴實實，約一小臂長的棒狀物，放在桌上，叩地一聲，道：「老闆你打開看看，這裏頭包的是甚麼？」

Chapter. 16

老闆小心翼翼地將一層一層包好的舊報紙拆開，將裏頭的東西取了出來，定睛一看，是一支黑中帶灰的動物牛角，老闆吃了一驚，放在手上輕輕摩挲，貼在鼻子前聞了聞，最後又從抽櫃中拿出一支小手電筒，趁著目睛打光，細看紋理，忙活了好一陣子，終於才道：「這是……這是一支犀角？」

「老闆眼力不差，這的確是一支犀角，」老衲點點頭，又道：「老闆你看看，這支犀角，若是你跟中盤藥商進貨的話，要多少價格？」

老闆連忙噓了一聲，看看左右沒人，才悄聲說道：「這一支犀角，前幾年市場價格差不多二十萬，不過……」

老衲一挑眉：「不過什麼？」「不過這幾年，恐怕三十萬都拿不下來了，現在的犀角價格太高，大家都不太敢進新的，真有需要，把舊的存貨用完便算，那價格漲到不像話，大家都是生意人，沒必要在錢上過不去嘛。」「哦，這犀角價格飛漲，俺倒不知道此事，那是為啥？」

那老闆吞吞吐吐，又在老衲一陣逼問之下，才終於說出原因：「老先生你不知道，這幾年一直有風聲，說政府要與世界接軌，保護瀕臨絕種動物甚麼的，所以要開始擬定法案，禁止犀牛角進口，哎，這消息一出來，犀角價格就上去了，像我們這種底子不夠厚的小藥舖，早就不進犀角，改用水牛牛角替代啦。」

「原來如此，」老衲哼地一聲，說道：「不過，拿牛角替代犀角？真是荒天下之大謬，犀角長在犀牛頭的正中部位，一支獨秀，性氣屬陽，牛角則多生於水牛頭兩側，雙邊左右互拱，可知其性氣屬陰，這兩者外型雖似，可陰陽有別，怎麼好這樣替代？真是胡鬧，難道，你們連安宮牛黃丸中的犀角成分，都敢用牛角替代？」

那老闆尷尬地點點頭，道：「現在只是我們這一家，等過得幾年，政府真正明定的命令下來，將犀角交易禁絕，那時犀角價格肯定漲到翻過去，到那時候，我想這整條街上，都買不到純正的安宮牛黃丸的。」

老衲長嘆一口氣，道：「其實偽藥事小，人命事大，安宮牛黃丸是老人家熱證型中風的最佳急救藥物，可是，你們這把犀角一換，以後這些客人買了安宮回去，卻都是差一味藥的殘方，屆時，真等老人家中風時下藥，藥卻不靈，這該怎麼賠償？話又說回來，騙了客人銀兩，其實都還算是小事，可你想想，這家人往後十數年的日子，可能都得請人照顧這些中了風的癱瘓老人，這事，若是發生在小康之家，那還勉強應付得過來，若是發生在貧寒一些的家庭，有個老人中風，可急救之藥卻是一場騙局，那麼……哎，老闆你自個想想，那是不是造孽了。」

那老闆被老衲說得額角生汗，其實這些話，老衲不說他也知道，可人類就是這麼奇妙，同一件事，只是在自個心中轉轉，與有人真正當面說出來，那完全是兩碼的不同感受。

（忽然想到，其實藥業與醫業，自古以來不分中西，都是良心事業，有許多黑心商人喜歡在此上大發黑心財，禁之不絕，莫說是中藥，即便是現代醫療法規相對完備的西藥廠商與現代西醫院體系中，在藥物製程中偷工減料，或以劣質品替代正品的醜聞，也是時有所見，台灣前幾年拍了兩季人人叫好的醫療影劇《麻醉風暴》，即是討論現代醫療體系中的種種黑幕的，可以一看。）

（以上心得，與本故事完全無關，其實也可以掠過不看。）

「老先生，你說的道理我都知道，可是……」老闆吞吞吐吐，「可是我開店做生意，是為了養家餬口賺點小錢的，可不是做賠錢的慈善事業的，business is business，店裏的安宮牛黃丸，雖然犀角的價格高了一點，只好用水牛角替換，可其他幾味藥，卻都是貨真價實的，別的不說，光是我用的金箔包衣，那做工都比別人漂亮……」

老衲揮一揮手，打斷老闆，道：「咱們切入正題，俺所說的明路便在此處，俺有幾味珍品藥物貨源可以給你，價格絕對可以輾壓這條街上的公定價，但是有個但書，老闆你拿了老衲的貨，以後該九蒸九曬的工，絕不可少，少一遍蒸曬也不能，要知道開藥鋪這行當，信譽最是重要，俺可不願意與沒信譽的商家交朋友談合作。」

「這……」

老衲看那老闆還在遲疑，忽然想起教父電影中，Vito Corleone的一句話——『I’m going to make him an offer he can’t refuse.』——哼哼，俺心道，好電影就是常常會在生活中想起它的片段，於是忍不住學著Marlon Brando那付嘴裏生瘡的樣子咳兩聲嗽，然後才說道：「就你手上這根犀角，俺可以給你一個比市面上漂亮許多的價格，這樣吧，交個朋友，一口價十萬元，老闆你看怎麼樣？」

那老闆聽到老衲如此說話，眼睛瞪大，有些不可置信，說：「十、十萬元？這比市面上的價錢一半不到呀，老先生，我……我可不可以先用銼刀磨一點粉下來嘗嘗，老實說，我對我的眼力，不是很自信……」

老衲大手一揮，道：「隨便磨，順便也多磨一點，給俺這兩個朋友嘗嘗，桔梗，桐九，都好好品品，這純正的犀角粉，可不是隨便就嘗得到的。」

那老闆說幹便幹，用銼刀切了一小塊犀角下來，磨成粉，分給老衲等三人一人一小份，四人拿溫開水和水服下，犀角粉有一股濃郁的怪味，很難形容，尤其是一服下時，稍微敏感的人，便會覺得從頭頂腦門正中一陣涼氣往下，直透腳趾，真正古怪。

老闆服過犀角粉之後，確認是真品無誤，對老衲所說再無懷疑，恭恭敬敬地道：「沒想到老先生居然有這樣便宜又純正的貨源，先前實在是失敬了，只是小可再多問一句，老先生這貨，來源還穩定可靠？」

老衲道：「俺是真心想與老闆談合作，這貨源的來歷，自然也不好瞞著你，老衲小時候認識一世交前輩，人稱慕容氏，他曾隨軍駐紮緬甸，後來轉至香港，又移民去英國，他當年辦移民，要離開的時候，說介紹給俺一位他在緬甸的老戰友，姓許，說以後萬一有事，可以找這位許伯伯幫忙，這事情也是正巧，上個月許伯伯正電話老衲說，他最近終於搭上密支那大山裏的一個景頗族部落頭目，從頭目手上盤來一批犀角，後面還有熊膽、虎骨、鷹爪等等珍物，許伯伯嫌仰光的大盤商砍價砍得太低，所以電話老衲，要俺在台灣幫他找買家……怎麼樣？老闆你有沒有興趣把這些東西盤下來？這批東西都是景頗族直接在山裏獵下的，保證都是真品，你盤下來，不管是轉賣給其他藥舖，還是留著自個製藥，都是條路。」

那老闆聽老衲這麼一說，撫掌大笑，連聲說道：「真是明路、真是明路，不過，這些東西雖然現在還沒禁絕，但畢竟都是罕見之物，真要大批進口，我怕……我怕海關那邊還是會囉嗦，我在報關行那兒沒人，只怕……」

老衲向桐九一指，道：「桐九的奶奶曾是幫裏的，我請她老人家事先招呼一聲，想來大事是不會出的。」

老闆一聽，連連搓手，說道如此甚好，桔梗老實不客氣，伸出手來，跟老闆先要十萬，點數無誤之後，再問老闆道：「老闆，老衲指點你的明路，已經擺在你面前了，你有這物美價廉的貨源，想必之後能好好在這條街上站得住腳，現在輪到你了，那劉郎中到底在哪，快帶我們去吧。」

那老闆在桌上拍了一下，大叫一聲，道：「哎呀，我都還沒有好好介紹自己，我叫劉川風，河川之川，風流之風；你們要找的劉郎中，又會武功又懂醫術，在這條街上沒第二個姓劉的能夠這樣，只有我爸爸劉松青了，他老人家正在樓上睡午覺，來，三位裏頭請，我上樓去喊我爸爸起來，好好介紹認識一下三位少年英傑。」

劉老闆做了一個手勢，讓老衲與桔梗桐九入內走去，而俺三人則驚喜地對望擊掌，大喊一聲——「找到了！」

表裏——「明代與清代的拳法差異」

老衲這個人呢，小時候練武之時，常常聽一些武行中的老前輩、老拳師磕牙，因此對整個中國傳統武術史，很有一套自個兒的想法，當然這些想法未必經得起考古學者檢驗，也未必能夠在現今流傳的拳譜中找到印證，不過有時候天南地北瞎聊起來，也很有一點意思。

聽老一輩講，傳到現今的傳統武術，其實有兩個源流，一種是「清代拳法」，一種是「明代拳法」，不過呢，所謂的「明代」拳法，不一定真的起源於明代，有可能來自於宋甚至是唐都有可能，無法考證，定為明代拳法，如此命名，只是為了與清代拳法做一個區隔而已。

所謂的明代拳法，是比清代拳法更古老的一種拳學體系，這兩種拳法，最大的差別在於「體系」與「邏輯」不同，沒有誰優誰劣，只是特徵不同，當然啦，即使是清代拳法，還是多多少少有一些明代拳法的遺跡，畢竟武學拳學作為一門學問，外形名稱可以有所不同，但內裏的脈絡，很多還是一脈相承下來的。

明代拳法與清代拳法最大的差異是甚麼呢？清代拳法最大的特徵，便是以「套路」作為主要的拳學進階標誌，好比少林寺的少林拳法體系中，一入門得先練少林長拳，再練羅漢拳，再學韋陀掌或大慈大悲千手式，練得差不多了以後，再練學散花掌，最後在走到波羅蜜手等高階套路的修練，這個順序可不是老衲亂說的，有紀載在金庸寫的《鹿鼎記》之中，有興趣者自個去查找吧。

清代拳法如此，明代拳法又是如何呢？明代拳法當中，最著名的莫過於張無忌教主橫掃武林的「乾坤大挪移」功夫，這乾坤大挪移可有別於少林寺拳法，它不是一套一套的套路練過去的，而是靠一層一層的境界練上去的，迥異於清代拳法的套路進階訓練邏輯，據說，乾坤大挪移總共有七層境界，主修青紅二氣的陰陽變化，初學者青氣與紅氣轉換明顯，到後來可以半青半紅，再過來忽青忽紅，到至高一層，青紅之氣全不顯相，外觀臉色上，已完全看不出有青紅之氣交錯摶摶的消息了。

可惜的是，乾坤大挪移這功夫，到現代已完全失傳，無法考證，不過呢，有沒有別的拳法也是如此呢？有的。

在舊上海的李瑞九家，曾請來一位著名的拳師做家庭教師，名喚孟廣裕，而這孟氏傳出來的拳法，名喚「綿拳」，這套綿拳沒有套路，只有單人習練的十三式動作，與雙人對勁對手的練法，而學者如何知道自個兒的進階呢？綿拳的訓練體系內有四階層，曰「剛」、「綿」、「內」、「髓」四字訣，先練剛勁，再練綿勁，進而內勁，最後髓勁，這每一階層好比乾坤大挪移的七層心法一般，層層遞進，躐等不易，據說孟廣裕當年外號「孟四勁」，便是因為他將此四勁反反覆覆練得滾瓜爛熟。

除了綿拳之外，老衲這支的心意六合拳也是這樣的，只是沒有這般統整好的字訣而已，俺這支心意六合，先練勁法與身法的剛柔大小架，再練自由變化，變字訣練的是十大形把位隨意組合，化字訣練的是把位轉換融入神經反應，再過來便是練破合，將原來的外三合內三合給徹底打破，所謂的法無定法勢無定式，最後一步功夫是練習醉法與輕功，醉法是練身形歪斜傾倒，破合的更進階教程，而輕功不是翻滾跑跳，指的是舉重若輕與空中找力借意。

所以老衲教拳，向來不怕留甚麼絕招或留甚麼套路不教出來，蓋因若學者不懂這個幾層心法的進階如何訓練，怎麼練都還是停在第一層功夫而已，學了也無大用。

當然，明代拳法未必高於清代拳法，而清代拳法也未必高於現代搏擊，老衲只是瞎侃那個意思罷了，功夫高不高，主要還是看人練，不過按明代拳法的邏輯來教拳的人，當世還真的不多見矣。

發力——「武學中發力的秘中秘」

老衲常說，武學不過就是力學的運用，沒甚麼神秘玄虛的東西，更沒必要拉扯上音樂哲學宗教美術甚至是文字學之類的東西來強做包裝，很多武學中的秘訣真傳云云，不過只是力學常識而已。

舉一個粗淺的例子，若你用一白蠟桿扎牆，與你用一鐵槍扎牆，哪個破壞威力大？那無疑是鐵槍的，因為鐵槍較硬，碰上牆壁時不會軟，而白蠟桿本身較有彈性，扎上牆壁時槍身一軟，扎槍的力道便進不去了。

講深一層，這是因為槍尖撞上牆壁時，所產生的反作用力運用的關係，若是鐵槍，結構較穩，扎槍破壁時可以把這層反作用力吃下，讓扎槍力道直貫入牆，而白蠟桿呢，因為槍身一軟，反作用力造成槍身形變而消散，而作用力與反作用力是同時存在的，所以扎槍入牆本身的作用力也跟著消散了。

這個例子可以引申到拳法上，比如打沙袋打手靶，初練的朋友若是不注意，很容易在發力打靶時折傷手腕，這時候你的手臂就像那支白蠟桿了，不但折傷手腕，拳勁也打不進去，而手腕注意好，反作用力的問題是不是就解決了？沒那麼簡單，因為人體不是一支槍棍的簡單結構，而是有頭肩肘手腿胯膝等等，複雜的很，反作用力可能因為你沒送肩而卡在肩，下巴沒收而震後腦，族繁不及備載，但總歸都是反作用力吃不下來，而導致勁道也打不進去的問題。

好了，遇上這種問題，應該怎麼解決呢？

比較直覺性的做法便是：將全身鼓成一個剛體，在打上目標之際，渾身收緊，便可以將反作用力硬吃下來，將力道打進去，發力時前段加速度，後段收緊一扛，渾身一震，這種作法可以在很多傳統拳法中看見，的確是個實效且快速的做法。

這種打法非常厲害，以剛打軟，好比鐵碗碰瓷碗，一碰便碎，若是天生身體素質好的人運用得當，的確可以橫掃一方，一時無兩。

不過呢，這種作法流行一陣子之後，很快有人又提出疑問了，這樣的方法吃下反作用力，只是硬吃，其實還是將反作用力吃在身上，而打拳時渾身一震，看似威猛，實則一昧純剛，而另一方面，渾身收緊，這也有礙於將力道完全打入目標物，因為一緊必慢，發力是質量與速度交互作用，速度，尤其是發力的尾速是極重要的，在發力時打中時一緊，剛好尾速打不進去，總覺得這種發力不是酣暢淋漓。

所以後來有人提出另一種理論，便是向前發力時，同時向後找力，即是在身體結構內部拉一條反作用力的路子，所以當向前發力時與目標物一撞之際，說得遲，那時快，產生的反作用力正巧順著體內結構順著卸掉，而且這卸掉的力，還能反過來輔助強化原本的發力結構，所以這發力的結構不是自我主動收緊，而是藉著對方的反作用力而收緊，結果一樣，過程不同，前一種練法，看鬆實緊，剛上加剛，後一種練法，則是有意求柔，無意成剛，越練越鬆是也。

這後一種打法與前一種打法外表相似，只是隱蔽性更高，發動速度與徵兆更小，而打中時收緊更快，因為後一種打法是因勢成形，而非發力成形，沒有了渾身一震，一頓一頓的外形，取而代之的是舉手投足的鬆沉隨意，是的，用這後一種發力方式，非「鬆」不可，但非「為鬆而鬆」，若是無法順暢傳遞作用力與反作用力，那叫似鬆實軟，沒啥用的。

這種「向前發力同時向後找力」的理論出來以後，前人便開始設計功法，讓身體習慣這種反直覺的用力模式，最常見的，便是直拳功法。

在傳統武術中，直拳通常有兩種訓練方式，第一種是如空手道正拳般，發拳時，肩膀不轉，雙肩與發拳之臂呈銳角，另一種是如八極或北少林拳的撐捶衝捶，發拳時肩膀順勢一轉，雙肩與發拳呈一直線；無論是以上的「正拳」或「撐捶」打法，通常在教授的時候，都會強調一個準則，就是「前手打，後手拉」，而這其中道理到底是為什麼？應該不用老衲再多加說明了吧。

待這種前後找力的用力模式習慣以後，外形便可以隨意自如，不必死板板的一定要「前手打，後手拉」，否則動手時死抱著這外形，很難碰得到對手。

當然，這種前後找力並不限於是「前手打後手拉」的外形，形意拳中的虎撲鷹捉等等，也是前後找力的另一種規範，更衍伸出去，除了前後找力，還有左右找力，上下找力，錯綜方向的結構變化，甚至是正踢掃腿等，都不脫這種作用力反作用力的運用，看官們程度都很高，老衲就不囉嗦了。

這種利用「作用力」、「反作用力」的運動方式，古人稱之為先天力，與後天運用肌肉發力有所區別，二人相搏，若是後天力不相上下，得再加以運用先天力，才能真正勝人一籌，這兩種力從古至今，從傳統武術到現代搏擊，都一直有人在討論，只是名詞有所不同而已。

當然啦，以上老衲說的其實只是武學中的基礎入門，心意六合講究「心意氣力」相合，這只是「力」的基礎而已，而所謂「往相反方向找力」的運用，只是心意五勁「踩撲裹束絕」中的「絕」勁而已，真不算甚麼高端的秘訣。

咦，看官們肯定要說，老衲你寫此文不是說這是「發力秘中秘」嗎？嘿！寫作一道，杜甫老師早說了，要「語不驚人死不休」，老衲的文章標題不這麼取名，你們大夥怎麼會點進來看啊？哈哈哈哈！

Chapter. 17

「練武，其實很簡單，就是一膽二力三工夫。」朱四爺爺道：「膽氣我們且不去說它，再來第二重要的，便是『力』，沒有力，一切的技巧技術都用不上。」

桐九聚精會神地聽，老衲則是蹲在一旁，散漫地聽著四爺爺的拳論，當年四爺爺對老衲與桐九，大多都是關起門來，在練功房中一對二傳授，很少遇到甚麼師兄來的；直到後來老衲與桐九找到劉松青大師兄後，後面的幾個師兄，聽聞四爺爺終於關了山門，收了最後一名小徒弟，才偶爾跑回四爺爺家串門，好奇看看桐九這個生生功關門小徒弟與閒人老衲，再與桐九與老衲推手或打打玩玩，認識一下。

這些師兄們各自幾乎都是帶藝投師，所以各自的絕技大不相同，很長了老衲的眼界。不過論到生生功技藝之精純，那還是非桐九莫屬。畢竟，桐九幾乎完全是只練生生功築基上手的，而不像前頭幾個師兄都是本有拳派，風聞朱家生生功之名才又再拜師學習；實則，這些師兄只是將生生功當作一種內勁練習法，補充原來所學的拳法而已。

「所有的武功其實都是一種力學運用，而生生功正是教你這種本力的運用。」朱四爺爺如此說道，他大學時是念機械系的，所以對武功的想觀念完全按照機械工程的韌體力學來解釋。

「我知道！」桐九舉手，道：「我常常看那些公園裏教太極拳的喜歡站著一動不動，名之曰站樁，就是在培養這種『本力』的，對不對？」

朱四爺爺點點頭，又搖搖頭，說道：「桐九你這樣說，是對，但也不對；站樁功很多內家拳派都有，可是那是高級功法，並不適合一般人練習。」

「不適合一般人練習？」老衲插嘴道：「可是俺看很多門派，都把站樁功當作是入門初級功法，是一開始入門學拳的時候就要開始練習的；好比形意門一入門要先站三年三體式，又或者是太極拳說的『起勢練好，太極會一半』，而那太極拳的起勢其實也只不過是一個開太極與渾圓樁的組合而已……」

朱四爺爺擺了擺手，道：「老衲你別煩，你這旁聽生還意見一堆，真沒禮貌。」

老衲呵呵大笑：「四爺爺，你這話說的不對；戰場無父子，練武本來就是要求真；俺是誠心向學，提出武學真諦的探討，你怎麼可以罵俺沒有禮貌呢？」

朱四爺爺被老衲弄得沒法子，好氣又好笑，只好說道：「真拿你這渾小子沒辦法。

好吧，我先問你：我們打架的時候是動的，還是不動的？」

老衲皺眉：「打架嘛，當然是動的。」

「是了，既然實際打架的時候是動的，那麼你要從一個不動的姿勢去找出動態的時候所發揮出來的力，是不是有些捨近求遠呢？」朱四爺爺進一步解釋道：「不動的站樁功不是不對，而是應該擺在已經掌握動態的力量以後再練，往深處與細膩處探求的時候再練；而不是拿給初學者習練的。初學者的首要之務，是應該要先熟悉一些實際用力的『動作』而不是不動的『姿勢』，出拳踢腳，或是實際上的馬步弓步，恐怕都比練習那種高高站著一動也不動樁功進步快得多。」

「這麼說來，我們練的生生功當中，是完全沒有站樁一類的不動功法？」桐九問道。

朱四爺爺介紹：「還是有的。生生功除了核心的九活六通三顫之外，還有『抱桶子』『裝桶子』『排桶子』幾種樁功，只不過你們至少要先把九活六通給練上身，我再教你們怎麼去抱桶子，你們才能真正把東西抱得出來、裝得進桶子裏啊！」

「練武的最喜歡打啞謎，甚麼桶子桶子，盡說一些旁人聽不懂的話。」老衲嗤地一聲，又說：「對了，這九活六通三顫是甚麼東西？老是聽四爺爺你講起。」

「九活六通三顫，是生生功的基本，也是發力與內勁的核心；其實人體的內勁來自於骨頭，所謂氣斂入骨，到最後東西都是要往骨頭裏練的，可是我們要如何強化骨頭呢？常人的作法是很直覺的直接拿硬物敲摩骨頭，不過生生功的祖師爺不那麼想，祖師爺認為，要強化骨頭，必須得先從關節的空竅處下手。」

朱四爺爺邊講邊示範，他先作了一個雙手向前推的動作，然後說：「就像這個雙手前推的動作，如果我單純地雙手前推，那力量是不會太大的；可是呢，如果我在雙手前推的同時，肩胛帶動脊椎微微地向後一靠一拱，讓手臂肩胛與脊椎的骨節透過關節的連動與反向性協同作用，使得空中的重力與地面上的反作用力集中在一個點上推出；如此一來，那前推的力量就會大得異乎尋常了。」

四爺爺拉著老衲與桐九示範，老實說，被四爺爺「推」出去的那種感覺根本不是「推」，而是一種瞬間被「發」出去的感覺；那力道甚至可以快得還來不及感覺，便讓對方的身體掛在牆上，拳譜上說勁快力慢，沒經歷過的人根本不會相信，也不會懂得的。

「所以呢，所謂的九活，便是要將人體的九大關節『活』開，讓它們形成一種反向的連動慣性，利用反作用力與離心的被動力打人，而不能用原來直覺性的主動力與肌肉力；而六通呢，則是再更深入一層，要打『通』人體的六條內勁行走的道路……」

「俺知道！」老衲忍不住舉手發言，手舞足蹈地說：「那六條內勁行走的道路又稱

『六脈』，九百年前的雲南大理國皇帝段譽，他最擅長的武功便是這六脈化出來的一套劍法！這段歷史俺最近才讀到，記載在一部書叫作是……」

桐九敲了老衲的頭一下，道：「老衲你別老是插科打諢成不成？我們在專心練武，不是在講高來高去的武俠小說！」

老衲咕噥：「哎，小說之中別有深意，就連很多神話故事，像赤腳大仙、須佐之男，其實仔細看看都很有意思的；呿，你們這些人真是嚴肅得沒文化又無聊透頂。」

朱四爺爺已經慢慢習慣老衲的老不正經，完全不被俺打擾，自顧自地繼續說道：「最後說到這個三顫，其實這個三顫便是武學勁法中的核心驚顫勁的一個引子，藉由三顫，可以貫通渾身的驚顫勁，是一種特殊的……」

「三顫?!啊！原來是這樣，」老衲忽然想起來一些事，驚呼道：「難怪俺從第一次聽朱四爺爺講到這個詞，便覺得很熟悉。從前慕容前輩曾經告訴俺，他與廣西李宗仁將軍身邊的近衛隊中的一名高手換過藝，慕容前輩稱這種拳法叫作『山路拳法』，在崎嶇的山路中打鬥非常好用，一步也不動，又或者動步只動一小步一小步，極為講究身上手上的抖彈與震勁；慕容前輩說，山路拳法講究的就是一個『震』字。因為山路崎嶇陡峭，就好像人生一樣坎坷不平，所以在打倒摔倒放倒對手時，一定要帶一個『震勁』，免得被對手糾纏不清，敗中取勝，順勢拉下去滾落山巔，同歸於盡……要知道，當年福爾摩斯與命中的死對頭莫里亞蒂教授Professor Moriarty決戰的時候，福爾摩斯就是因為不會這個震勁，所以才讓莫里亞蒂教授有機可趁，拉著福爾摩斯一起滾落，雙雙摔入山間的瀑布之中，那瀑布經過這場決鬥後便變得很有名，在瑞士中部，叫作是『萊辛巴赫Reichenbach Fall』……」

老衲小時候讀福爾摩斯與亞森羅蘋迷得不得了，一度以為天底下就只有這兩位大作家了，後來又看到金庸古龍倪匡亦舒；才發現世界之大，高手輩出，做人不能做井底之蛙，也不要對不熟悉的事物亂下斷語與妄語。

朱四爺爺聽完老衲說話，一皺眉，便說道：「我想這慕容前輩講的『震勁』，應該就是我說的『顫勁』，他那種山路拳法，便是當年天梁傳下來的錦衣衛武功的三大支派之一，不過……不過……有另外一件事我覺得很不對勁；幾次聽到老衲你說這個慕容前輩，這人到底是甚麼來頭？具體叫做甚麼名字？有沒有妻小老母好友？這姓氏……這姓氏很偏，生活上是不常遇到有人姓這個慕容氏的。」

老衲正要開口說話，沒想到這次卻給桐九搶了個先，桐九道：「師父我知道您在想甚麼，我跟老衲都已經聽過大師兄說過了；師父您先前收過的那個逆徒，曾把您關進警備總部又塞進精神病院的，那個逆徒師兄便叫做『慕容罷了』，也是一個姓慕容的人。」

Chapter. 18

當年慕容前輩移民英國前，與老衲最後一次會面時，曾交代給俺一件秘密任務。

慕容前輩那時已經接到奧德菲爾爵士的通知，說他們處裏的審查決議通過，可以讓慕容前輩與畢嫂一同移民英國；只是在移民英國之後，因為慕容前輩身分特殊的緣故，會派處裏的特工監視，不讓慕容前輩再與故國的政府聯繫，而有甚麼其他的橫生枝節。

慕容前輩正在收拾行裝辦理手續之際，最後一次讓老衲去香港與他會面；那時俺一到酒店房間，便聽慕容前輩開口問道：

「小衲，你說說咱爺倆關係怎麼樣？」

老衲聽慕容前輩如此說，自然恭恭敬敬答道：「慕容前輩待俺如親傳徒弟，俺視您老如師如父。雖然說您老不肯教俺那傳奇的寧奴拳法，但稀哩呼嚕地還是教了老衲許多，開了俺的眼界；老衲雖然將來不走武行一道，但仍是一輩子感激您。」

慕容前輩輕輕一笑，揮了揮手道：「那些小玩意，不算甚麼。」

他在房間中踱步，行來走去，背負著手。那時慕容前輩已開始學習英人習俗與裝扮，換上了英式西裝，俐落合身剪裁，劍領雙排扣，裏頭搭件經典格紋小背心；腳下的皮鞋穿的是英國世家品牌Edward Green，叩叩叩地響，鞋面刷得油光水亮；更風騷的是，在袖口的部位，還繡上了英文字「Mu Jung」。

可慕容前輩雖然穿得帥氣，老衲看得卻直嘆氣，心道：『真不明白這些英雄人物，為何到老來一個一個都崇洋媚外去了；難道國外的月亮真的那麼大那麼好？有一天若俺有機會混到國外去「旅居」一陣子，定要去見識見識，洋人的土地空氣，是否真的那麼香那麼甜？值得咱中國人夕陽近黃昏，卻還是落葉不歸根？』

後來老衲透過幾件事情，還真的給俺拿到了幾本國外的護照，跑去國外悠悠哉哉地過了幾年好日子，每天看日落日出，好不愜意。

不過呢好日子過多了，後來卻發現，俺的個性真不適合待在國外；所謂「美國時間」那真是美國時間，大把大把的時間不知道怎麼花，就是整日曬陽光舒服、吸空氣甜美還有看城鎮街道建築物有藝術感，除此之外還真沒別的好處。而且在國外，人家老黑老白看你永遠當你是個二等公民；那滋味無法言傳，忽然了解為什麼猶太人努力了千年，不過是為了在一塊小地方上有一個自己的國家。唯一有意思的是，幾本護照一字排開，可以有一種自個是James Bond的陶醉錯覺，哈哈哈哈！

扯遠了，說回正題，當時只看到慕容前輩踱步來踱步去，最後終於開口說道：「既然如此，小衲，我拜託你一件事。」

「百無禁忌，放馬過來。慕容前輩您要老衲做啥便請直說，火裏火去，水裏水去，俺決不眨一眨眼。」老衲見慕容前輩表情鄭重，心知定是大事，武行最講究師徒尊卑，雖然老衲與慕容前輩不以師徒論交，可實質上人家費心地教了俺許多，人情世故，怎麼說這個忙都是得幫的。

慕容前輩見老衲說得滑稽，輕笑一聲，接著說道：「寧奴與我的事，你是知道的；當年我離開緬甸的時候，其實並不知道寧奴已經……」

「俺知道，您離開的時候並不知道寧奴已經懷有身孕了；可是，您後來既然知道了，而且還知道那個孩子在坤沙手上——那——為什麼你不去救那孩子出來？難道你要那孩子一輩子在坤沙手上當人質？還是讓他一輩子為坤沙這幫惡賊賣命？你……」老衲一講到寧奴這事，忍不住對慕容前輩感到有些氣憤，原來的敬語敬詞也不小心煙消雲散。

慕容前輩苦笑著搖搖頭，道：「小衲，你且莫心急，聽我說來。」

慕容前輩按著老衲坐回沙發上，又給老衲倒了杯英式熱紅茶，配塊杏仁小餅乾，這才緩緩說來。

「那年，我在緬甸打仗，被對手的部隊打得潰不成軍；我們那支小隊在緬北大山中鑽來鑽去，只想著怎麼逃，晝伏夜行，渴來飲山溝泉水，飢來獵林中野味，不辨方向，只知道一直向北走；後來……後來終於不小心踩進那三不管地帶，撞到坤沙的部隊；那時我手上的槍械子彈都打完了，遇上坤沙的親衛隊根本無法反抗，只好被押解著去見坤沙。」

「坤沙見到我，倒是對我滿客氣的，一見我是中國人，趕緊叫手下將我鬆綁，爽快地用中國話跟我噓寒問暖了起來；還記得他那時才二十多歲，可那種天生領袖的氣質掩蓋不住，眉目之間盡是暗藏的精明，隱而不漏，講話像是個藝術家又像是個大學教授，很深。他問我生肖，我說我肖龍蛇的，我媽是過年夜生下的我，一陣呼天搶地出來，根本不知到底是龍還是蛇；坤沙說他肖雞，還拍拍我肩膀道，他童年時在鄉下，常常看到蛇雞相鬥，僵持不下；又問我有沒有意願跟著他做事？還是想要跟他這隻鐵公雞鬥一鬥，自己在這金三角裏闖天下。」

「我那時整個小隊都在他手上，怎麼敢說些甚麼，當然說我跟著坤沙先生幹就好；坤沙說，慕容你喊我奇夫*就可以了，別見外。還拉著我喝酒，說歐洲有一種傳說中的神獸，是蛇鷄合體的狠角色，叫巴斯厲客還是甚麼的，說咱倆聯手，肯定所向無敵。當天晚上便設大宴，招待我還有我的小隊員們一起喝個大醉——就這麼著，我後來在坤沙手下，著著實實幫他幹過幾年事。」

「幫他做事的頭幾個月，我根本不知道坤沙這人有多厲害；哎！小衲，你以後走江湖千萬要記得一句話：凡是成名人物，肯定有他之所以成名的道理，不會是瞎混的。所謂出名容易成名難，只要是能夠成名的人物啊，要嘛功夫硬要嘛關係硬，功夫硬靠的是自身打磨，關係硬靠的是祖宗保佑，總之軟柿子是不會也不能出頭的，慎之慎之。」

「幾個月過去，我終於把坤沙的底細摸熟；這才知道，他奶奶的坤沙這人早就算計我很久了。我從前一直以為坤沙是漢人，怎麼知道原來他母親那邊根本是不折不扣的撣族人；當年……當年寧奴被族人祭了龍神，那寧奴生下的孩子無可依靠，被老寧奴收養；那個老寧奴呢，念著與寧奴的師徒之情，偷偷地將那孩子送走，寄養在坤沙母親那家親戚裏；而從四五歲起，便藉著探親之故，時不時地教這孩子『寧奴』，老寧奴她……」

老衲聽到此處，越聽越奇，拍案叫起道：「天啊！這孩子是男是女？若是男的，可不能胡亂偷學啊！而且，寧奴拳法是只能傳給參加寧奴族縹圍賽的優勝者的，老寧奴怎麼可以這樣亂傳給他啦！」

慕容前輩苦笑道：「誰知道呢？這孩子雖是男孩，老寧奴卻就這麼教他了，也不知那老寧奴安的是什麼心。」頓了一頓又道：「這孩子後來輾轉流落到坤沙手上，坤沙一查，知道了這孩子的武功背景與他的生父生母，卻給他派了一個九死一生的絕密任務。」

老衲問道：「什麼任務？」

「當時國民黨的將軍黃杰正駐紮在越南富國島，那島上據說有三萬多人之數；」慕容前輩道：「而當時坤沙接到情報說，這支富國島的軍隊，是整個中南半島上最可能被蔣委員長接回台灣的部隊。坤沙想在台灣安插一名棋子，而這個與他有撣族遠親關係的孩子，懂武功，卻又對社會充滿了恨意，這正是坤沙最好的選擇。」

「所以他……嗯，要混入一個在異國駐紮、又有萬人之數的殘兵敗將中；總比直接登陸台灣走正常移民流程拿身份，要容易得多得多。」老衲一邊沉思，一邊說道：「而且坤沙肯定跟他說，你的生父是國民黨那邊的人，搞大了你媽媽的肚子以後卻不要她了，遠走高飛，而將你媽媽害死。所以啊，孩子你一定要向罪大惡極的國民黨報仇！眼前有個好機會，就是……哎，利用小人物的仇恨心理去達到一己的目的，這是千古以來政治人物最擅長的伎倆，坤沙肯定不是例外。」

慕容前輩長嘆一聲，道：「若是坤沙真的那麼敘述我，其實，倒也不是完全不對。」老衲見前輩失落如此，也有些不好意思，陪著嘆了口氣道：「算了，往事莫追……後來如何？那孩子真混入黃杰的部隊之中？」

慕容前輩點頭說道：「是的。在富國島軍隊撤退台灣前，那孩子已經透過安排給部隊中一名無妻無子的老兵認養；並作為黃杰率領的部隊一員，順利通過局裏的秘密審查，獲得台灣的公民身份，而待在台灣當坤沙的臥底。」慕容前輩說到這裏，坐了下來，定定地看著老衲的雙眼說：「小衲，我要請你幫忙的事情是，在台灣時幫我找出這個孩子，跟他說我與他媽媽發生的事。並告訴他……」「告訴他什麼？」慕容前輩不答，他點起一支煙抽了一口，停了半晌後才道：

「告訴他我很想他，而且，我也很想他的媽媽。」

附註：坤沙先生，漢名「張奇夫」是也。

Chapter. 19

說起那個姓慕容的逆徒，朱四爺爺嘆了口氣，搖搖頭說：「這小子啊……這小子啊……他是我見過天底下學武最有天份的孩子，可惜就是不學好……對我不知有什麼恨……把我給弄得……哎……」沒想到一句話還沒說完，四爺爺居然已經紅了眼眶。

老衲當時雖然閱歷尚淺，但早曉得江湖上有許多師徒之情更濃於親生父子，所以四爺爺被愛徒背叛，肯定是心痛之至。老衲見他難過，便想先轉移話題，讓他老人家自個冷靜冷靜。

「四爺爺，咱先不說那慕容師兄好了，倒是俺有一個武學問題想要請教。」

朱四爺爺邊拿著手帕擦了擦眼，邊回道：「什麼問題？」

老衲道：「上回您曾說過關於『收功』的故事，說在傳統裏，師父能將交出去的功夫收回來，這倒底是一個什麼原理？俺想了半天，老是想不通。」

朱四爺爺生平無嗜好，最大的休閒便是研究拳法，一聽老衲提了個高水準問題，他便來了精神，與老衲和桐九說道：「嘿！這問題有趣，我的生生功是朱家一脈單傳，從不在江湖上走動，所以我本來也不清楚這些江湖上的伎倆。不過呢，我後來遇到一個人叫孫無忌，聽他一講，我才終於明白這些東西。」

說到這孫無忌孫老師，當年也是名震一方的霸主。出身極好，文武雙全，據說小時候一面與私塾教師學習唸書寫字，一面又與家族延請來的各方武師學習使槍弄棒，幾個人伺候著他練拳，是以孫老不到二十歲，已經是江湖上一位響噹噹的人物。

孫老師年輕時氣盛，手癢，喜歡踢館。他每每踢贏了就走，踢不贏就留下來學一手，是以是個拳簍子，會的套路極多。不過人的命運有時是這樣，水能載舟亦能覆舟，孫老踢館成名，也是栽在後來一次踢館上出了事兒。說到那次是這樣的，他老人家將人家武館的老師打了一陣之後，別的不好喊，偏生喊說他是局子裏派來的，你們這些小王八蛋不要不長眼，事後還想要復仇啥子的，要知道我背後可是……哼哼。

本來嘛，踢完館後逞兩句口舌之快，一方面解氣一方面絕後患，亮亮招牌以防對方事後報復，這本也是在情理之中；可是孫老師那天不知哪根筋不對，居然拿局子的招牌擋駕。這一下可好，捅了馬蜂窩子，局子裏的情報網可不是開玩笑好耍的，馬上就有人將這事去報給掌局的戴老闆知道：說天津地頭出了這麼一個人，踢完武館之後居然搬出局子名號的孫無忌。

要知道戴老闆何許人物？當年可說是一人之下萬人之上。聽到這事眉頭一皺，還不用吩咐，馬上就有貼心的手下將事情給辦了，將孫無忌孫老押到戴老闆跟前。

聽說戴老闆當時問他：「你就是那最近鋒頭頗盛的孫無忌？」

「是，我是孫無忌。」

「你的武功……跟誰學的？」

「哼，憑你還不配問，我得罪了你，你爽爽快快給我一槍便了。」孫老當年年輕氣盛，年輕人有一個特點，便是不知道生命的可貴，簡單來說，就是不怕死。

戴老闆眉頭一挑，咦，心想這個年輕人倒是硬氣，只是一笑，又問道說：「我的確是有這個意思，不過現在國家正當危難之際，我給你個機會，你到局子裏來做事，幫我殺漢奸、殺日本鬼子。」戴老闆大手一揮，又道：「如果你不同意來局裏幫忙，那我也不勉強。拿你一對招子，當作是亂用咱們局裏名號的抵償，如何？」

孫老當時一見，戴老闆手下各個是殺人不眨眼的冷血特務，那眼神一見就知道，完全不當人命是回事兒的，更不把王法放在眼中。孫老想，自個一身武功，死了不打緊，但若是一對眼睛毀了，將來還怎麼活下去？自己家裏雖然與各山頭軍閥都有些關係，但那又怎麼比得上戴老闆的威勢？戴老闆當年想殺誰就殺誰，軍閥將領各自聞之風聲鶴唳，他哪裏會怕小小的一個孫家？更何況這件事本是孫老理虧在前，有道是「許充不許賴」，他既然充了，那事後想賴，恐怕在道義上有些說不過去。

他思來想去，考慮只在轉瞬之間，最後只能點頭答應，投在局子裏，在戴老闆手底下幫他做事。

扯遠了，說回故事，至於有關孫老的傳奇故事，還有很多，容後再說；老衲很小很小的時候與孫老有過一面之緣，對他這奇人印象很深。這時聽朱四爺爺說到這人，於是問道：「嘩，孫無忌孫老師!?他這人高深莫測，肯定知道這活，四爺爺您快請說。」

「哈哈哈哈！其實說穿了也沒什麼。孫無忌說在舊時代江湖上，要收徒弟功夫的方式有兩種，一種『武收』一種『文收』，就看你要怎麼收了。」

「文收與武收？」老衲沉吟：「俺只知道黃蓉出道戰，在趙王府中用文比武比連鬥六名高手，可不知道這什麼文收武收的，又是什麼意思？」

桐九在一旁道：「我猜這『武收』，是用功勁將徒弟某個部位打傷，讓他將來使不出功夫來；至於這『文收』嘛……我就想不到了。」

朱四爺爺呵呵一笑，說道：「桐九聰明，這武收的確是如你講的那樣。只是孫無忌說，這打的部位有巧妙，甚至與時辰穴位有關，按子午流注推算氣血行處，再將東西依特定手法打進去。將來這人雖然一般生活無礙，可是只要一使氣用勁，那裏頭的內傷就得發作。如此一來，等於是讓他武功全廢，將玩意收回來了。」

桐九一拍手，道：「如果武收是這樣，那麼文收應該就是在不知不覺中，將對方的功夫收回來，師父，是也不是？」

老衲皺眉：「在不知不覺中將對方的功夫收走？這種事怎麼可能？」

朱四爺爺笑道：「當時我也是這樣跟孫無忌講，說這事不大可能；沒想到人家老江湖就是老江湖，一番話講得我服服貼貼，不得不服氣他是真正滾過江湖有見識的人。」

Chapter. 20

據朱四爺爺轉述，當時孫無忌孫老是這麼跟他說的。

要收徒弟功夫，真正厲害的方法是在不知不覺中將他收掉；實際的作法有很多種，不過其理一也，要對症下藥，要就你的鍋下你的麵。

孫老拿他自個的徒弟舉例。一個徒弟個子小，孫老教了他一陣子後發現此人品行不端，讓孫老很是頭痛；他不好公開將此人趕出師門，卻又想收了他的功夫。於是孫老私下教這個小個子徒弟許多呆滯死板的練法，比如說在頭上放碗水蹲死架子，又或是要他常常練重兵器長兵器，甚至編了幾個重兵長兵的套子給他，叮囑他是獨門秘傳，要他好好下功夫練。

孫老說：「要知道小個子的人勝在靈活多變，打一個快節奏的心狠手辣，防不勝防；可是我偏引他向呆滯遲鈍的方向上去走。他練久了，自然而然會讓原來小個子的靈活優點消失殆盡，雖然拳架不改，但再與人交手，那是全無勝算的。」

說完小個子，孫老又說了一個如何收大個子徒弟功夫的訣竅，孫老說：「大個子人勝在力大勁猛，最忌諱心氣浮手油滑。對這種人，要多交給他武術名詞，給他一些號稱秘傳的招式手抄本，要讓他多去研究那些稀奇古怪的拳譜花招。久而久之，雖然大個子天生有體格優勢，可是他專注於鑽研編排那些胡里花梢的招式，自然讓功夫練得不厚不扎實。於是體格雖大，卻也無所用場了。」

朱四爺爺當時聽到這裏，有些疑問，說道：「無忌兄你說的這些在理，可是這都是各人的性格問題；若是那人不按你想的方式走，那又該如何是好？」

孫無忌笑道：「那也簡單，這時候便要用六字訣，叫做是：『扳拳架』與『調知覺』。」

「『扳拳架』與『調知覺』？什麼意思？」

「很簡單，比如說這個動作。」孫無忌說罷，起身做了一個少林拳最常見的發力動作，在下盤轉側向馬步的同時，上盤打一個前後拉直的正中心窩四平立拳，又跟著解釋道：「如這個動作，我若要收你功夫，便告訴你下盤的馬步前腳尖的的位置在發力完之後要水平打橫，與上盤前手發拳的角度呈現垂直九十度。如此一來，勁道就變得很難練上身了。」

孫老又跟著示範另一種發力的方式，他認為若這個動作中，一前腳掌不要轉到水平的位置，只轉一半的角度；二出拳時要有些微的左右偏向，如發右拳的時候應該是打對方的右胸，而發左拳時應該是打對方的左胸；而非左右兩拳都是對正正中心窩的位置。

朱四爺爺沒學過這些動作，可是如法操練，再對照孫無忌孫老講的兩種拳架的細微分別，便發現這兩種角度在發力上有天壤之別的優劣。要知道，朱四爺爺除了家傳的生生功之外，只有自己研究過太極拳；但他完全是按照生生功的理路來打的太極拳，所以並不知道在一般正規地師徒傳授模式中，拳架居然有那麼多毫米之差的講究。

「嗯……這想必便是『扳拳架』了；那麼『調知覺』，不知道又是什麼？」

「『調知覺』是武學最大的奧秘，兩個人對打，也是在比調知覺；好比玩躲貓貓，誰調得快誰佔優勢。」孫老頓了頓又道：「不過呢，除了對打之外，在練功架的時候這個『知覺』也是很重要的。」

孫老還是拿剛剛那個架勢解釋，他道：「同樣的架勢，如果我讓你將知覺放在腳底磨碾，或者將知覺放在單胯、又或者是將知覺放在雙胯，又或者讓知覺在雙肩轉動……那麼這拳架動作外形雖然完全一樣，可是因這『知覺』放的地方不同，而影響練出來的東西不同——這就是所謂的真傳與否，往往在這一線之隔。」

孫老最後意味深長地道：「所以若要收回徒弟的功夫，只要將他原來知覺放得正確的地方，告訴他要移到別的部位。這麼一來，拳架外形套路通通沒動，可是整套拳的『味道』就會完全走樣，這便是『文收』了。」他咳了咳喉嚨，又道：「朱鳴兄，將來你若去看看我的某些徒弟，拳架打得跟我一模一樣，可是『味道』完全不對，便知道那其中的道理了。」

朱四爺爺那時，第一次理解原來拳架是有靈魂的，而不是一個死板板的姿勢。相同的動作可以因為心法不同，而有不同的內在表現。所以他後來一直說，雖然孫無忌孫老只大得他幾歲，可真的是一個將拳法練通的人，尊孫老為他的半個師父。這拳架中的知覺所在，一直影響著後來朱四爺爺探索太極拳時的許多想法。

可惜，當時老衲與桐九的武功修為尚淺，雖然聽朱四爺爺說了這知覺在拳架中的影響極巨，卻沒辦法第一時間體會出來其中的分別。朱四爺爺見老衲與桐九比劃了半天，始終不得要領，於是說道：「以上這些，是那時無忌兄跟我說的原話，不過這些年我慢慢摸索出自己的一套講法與體會。你們若與他的心法無緣，那麼不妨聽聽我的。」四爺爺停了一停，抿抿嘴又道：「不過在聽我的心法之前，你們得先跟我學會陳氏太極拳、與楊氏太極拳。」

老衲與桐九，當然是——齊聲說好。

Chapter. 21

朱四爺爺說，講心法之前，我先教你們兩種不同的太極拳，因為心法終歸是要與拳架配合，否則只是空中樓閣。第一套四爺爺示範傳習，是一套正宗的陳氏太極老架，從「金剛搗捶」到「懶紮衣」，從「單鞭」到「白鶴晾翅」，然後是「青龍出水」、「玉女穿梭」、「神仙一把抓」……最後「撇身捶」、「上步七星」、「退步虎跨」、「當頭炮」而接回一個「金剛搗捶」收勢。

這一趟陳氏太極老架，共分十三段，據朱四爺爺說這是他苦心研究還原的陳氏十三勢古拳的套路，合於原始河南陳家溝的陳氏拳原樣。老衲與桐九雖然學拳架的天份均高，可盤這一套陳氏老架也足足盤了六七個月，從單人盤架到雙人推手與磨脛推腳，高中低三勢均嫻熟爛熟，這才作罷。

朱四爺爺教完老衲與桐九他編排的陳氏太極十三勢之後，又接著教老衲與桐九他的楊氏太極，從起勢「開太極」教起，接著是棚捋擠按合成的「攬雀尾」，再來是「單鞭」、「摟膝拗步」、「手揮琵琶」、「倒攆猴」、「斜飛勢」、「抱虎歸山」、「海底針」、「左右分腳」、「扇通臂」……一直到最後的「十字手」而收勢「合太極」。

朱四爺爺前頭教老衲與桐九陳氏太極的時候，比較注重單手推手，與高中低三架磨脛推腳；而後頭教楊氏太極的時候，則側重於教雙手推手，與渾身各部位肩、背、胸、腿等的接勁發勁。而手法則以八勁法一字一訣，配合「進退顧盼定」五種身法鍛鍊。這一下也是讓老衲與桐九足足不眠不休地練了六、七個月，才將其中粗略的要領掌握大概。

這太極『拳』可不是一般公園裏頭教的太極（體）『操』；據朱四爺爺的說法，最初的太極拳那可是實打實裏鬥爭出來的武學，是清末奇人楊露蟬的絕技，楊公當年入京，以比武成名，後讓京中的旗人貴族聘為私人教席。

當年老衲與桐九學太極，因為本來就有些底子，從原來的拳打腳踢近身摔中，又參入了細膩的太極手法，簡直是如虎添翼；要知道武學本是科學，在處理「點碰點」的攻擊與防守，各種古流拳道大同小異，不過若是要論「點與點之間」的處理，那麼太極拳的交叉弧線螺旋技法，可稱是個中翹楚。

還記得當時老衲正在讀《飛狐外傳》，對太極拳的「陰陽訣」與「亂環訣」特別好奇，曾經一手一手與朱四爺爺盤這兩個訣，除此之外，印象中太極拳還有一個著名的拳訣叫做是「虛實訣」，也是很重要的應用訣法。

說到這三個太極拳訣，後來有一次老衲遇到一個搏擊拳手，對傳統武術的許多名詞感到很厭惡，他說在搏擊運動裏，一拳一腳都是明明白白的，偏生傳統武術喜歡搞那麼多玄虛的名詞騙人。老衲當時聽到這話，當下立時反駁道，其實傳武一點不玄虛，就拿這三個太極拳訣來說，都是可以馬上透過交手示範實作的。

老衲那時解釋道：「這『虛實訣』說的是在纏鬥中要一下用力一下不用力，搞得對手摸不清你用力與不用力切換的節奏；而『亂環訣』講的是在纏鬥中要『圈中有圈』，而且要『圈圈相生不可斷絕』，要一個大圈串著一個小圈而一個小圈中又串著一個大圈式的攻擊，這便是亂環訣了。」老衲一邊說，一邊上手黏著那拳手示範，搏擊拳手的訓練比較講究點與直線式的攻擊，對於太極拳的這種曲線弧面的應用相對陌生；老衲上手一搭，便讓他跟著左右搖晃，不得不說一句，這古老的太極拳裏還真有些門道。

老衲又笑道：「其實這個東西有點像很細、且角度很小的摔跤或角力，只是為了動作的隱蔽性，接觸點大多在兩條手臂上而已。其他身上各支點的應用雖然也有，但沒有那麼多大動作拉扯對手重心的招式，而是特別講究在不知不覺中進行。」那拳手聽完解釋與示範，點點頭，終於可以客觀理解老衲所謂的傳武的實用性。不過他眼珠一轉，又強硬說道：「那『陰陽訣』呢？什麼叫做『陰陽訣』？這總是一種玄虛的表達方式了吧？」

老衲說道：「別人怎麼說『陰陽訣』俺不管，不過老衲的『陰陽訣』是很簡單的；所謂的『陰』便是一種相吸力，一搭上手對方就會往自己身上撞。而所謂的『陽』，則是一種反斥力，一搭上手對手就會往離開自己身體的方向騰飛而出。」老衲邊說一邊演示，又說：「這『陰陽訣』其實可以解釋成兩種力，一種叫向心力，而另一種叫離心力，這意思與什麼陰啊陽啊也是一樣的。」老衲邊說邊耍，又與他搭手玩玩，終於說服那拳手相信傳統的太極拳還是有點真貨，並非盡是玄虛，不能說如武俠小說般天下無敵，但也是實實在在的東西。

扯遠了，說回朱四爺爺當年的傳授。

四爺爺當年還講過一個四字訣叫「敷蓋對吞」，這幾個字也很有意思，四爺爺認為這裏頭有貓膩，非得太極拳高手莫能解得通的。

總而言之，就是在朱四爺爺將畢生所研究出來的太極拳法都教給老衲與桐九之後，忽然反向出了一題給俺倆。四爺爺道：「老衲你還記得在最初，我是怎麼會開始傳授你們倆太極拳的呢？」

聽四爺爺這麼一問，老衲頓時呆在當地，俺這人沒啥記性，是金魚轉世，走來走去搔了半天頭也想不起來；倒是桐九接過話頭，說：「師父我記得，一開始是因為我與老衲聽不懂您說的那心法，說在盤拳架時，應該要將『知覺』放在特定的部位。可是我與老衲盤來盤去，卻不明白這個『知覺』放在哪裏，究竟有什麼差別。」

朱四爺爺一拍手道：「還是桐九認真！對了，我們正是在研究這個拳架的知覺調整問題。我再考你們，你們有沒有覺得這陳氏太極與楊氏太極拳架極其相似，只是差在一些細節與套路的安排上？」

「嘿！」老衲想剛剛讓桐九表現了，這次也是要換俺表現一下，接著答說：「楊氏太極裏頭幾乎所有的動作陳氏太極都有，除了套路的前後安排之外，其實兩者只差一個動作叫做是『金剛搗捶』。老衲翻書，書上的歷史是說，當年楊露蟬出山教拳之際，他的師父陳長興不讓他頂著陳氏拳的名聲出來教，並且下令叫他拿掉一個陳氏拳最重要的開門動作——『金剛搗捶』——所以現在這兩家的太極拳才有如此差異。」

朱四爺爺搖搖頭說：「你錯了，老衲，你若是總是這麼從外形拳架去理解一個拳法，那你一輩子也只能在武功上當個外行人。」那一幕老衲永遠忘不掉，四爺爺指著俺續道：「這兩個拳之所以會有拳架上的些微差異，又或是多一個動作少一個動作，不在於外形編排，而在於內在生發的知覺啟動點不同。武功是一種哲學，有內才有外；是因為這兩種拳法鍛鍊與強調的知覺點擺放的身體部位不同，才造就了這兩種拳法外在的差異。」

活殺——「武功中的殺人刀與活人劍」

有句話先說在前頭，這篇談的是高大上的玄虛理論，大夥權當聽老衲說書扯淡，別看得太認真。

最近看到好多拳師十分強調出手見紅，甚麼武術就是要傷筋斷骨見點血啦、就是要成為強者啦、就是要練出一股肅殺的血腥氣啦，如果是太和平太開玩笑太隨便的東西，那都不是「武的真諦」等等，說老實話，那些血腥暴力言論雖然是實話，可是老衲看到如此宣傳，心中總有些不是滋味。

於是想到禪宗裏的一個比喻，叫做「殺人刀與活人劍」，意思是入道之人應該是「殺活自在」的，而不偏於一隅，是以所謂的「武道」也應該是如此的，殺人刀與活人劍間隨時可以轉換自如，而並非一味地往殺人刀去練，練得整個人殺氣騰騰的還自以為入道，那樣的練法只是把人練成一隻鬥雞而已，或許在某種場景或者是某種階段上需要，但絕非甚麼武道的最高境界，更非甚麼「非如此便不懂武」。

在老衲看來，只知成為強者而可以去殺敗弱者的東西，只是「武術」，而非「武學」與「武道」。

真正的武學應該是能夠「以弱勝強」的東西，是一種能夠「化敵為友」而非一味打敗敵人的東西，這才是學習武道的核心含意，而不是只是學習一種可以傷害敵人的技術。

老衲總覺得「以弱勝強」才是武功，而不是成為強者輾壓弱者，倚強凌弱那是物競天擇的叢林法則，而不是逆天而行的武功，天生強者是不需要練甚麼武功的，「以耄耋（卻能駕）馭壯（碩者）」，才是化腐朽為神奇的藝術。

再多說一句：傷害敵人的技術只是「小道」，因為只在小地方有用而已，只是在對戰一個人兩個人最多五個十個十幾個人的時候有用而已；但如果你要混社會走江湖甚至是想要在人生有限的時間裏闖出一番翻江倒海的事業，你需要的是「大道」，是要可以串聯起十個人百個人甚至是千人萬人的「道」，在這種格局下，你需要的是能夠「化敵為友」的「大道」能力，而不是「傷害敵人」的「小道」技術。

這也是楚霸王項羽先生在他十五歲的時候就已經想明白的一件事，根據《史記》的紀載，項羽是這麼說的：「劍一人敵，不足學，（要學當）學萬人敵。」有心人可以好好靜心思考一下其中的深意。

扯遠了，回到具體的技術，其實武術中是真的有許多實際的殺人刀與活人劍的練習法，只是很多傳承很片面的流派拳師並不知曉而已，這其中可以談的點有很多，不過老衲筆墨有限，集中談這殺活二法中最關鍵的一點便罷。

這殺活二法的轉換關竅在哪裏呢？其實說白了也很簡單，那便是在「心態」上的差別，又或者換一種說法來說，如果你打對方一拳的時候是拼命地灌注想要傷害對手的意念，那麼便是「殺人刀」的打法。

而「活人劍」呢？這個有些不好理解。不過想像一種場景：如果是自己的孩子深陷毒品的困擾，你不希望他吸毒但偏偏他又明知故犯抗拒不了毒品的誘惑，在這種狀態下，你給孩子一拳或者是一巴掌，但那一下裏頭灌注的並不是想要傷害對方的「惡意」，而是想要打醒對方的「善意」，那個那一下拳或掌的「質感」是完全不一樣的，在這種狀態下發出的攻擊，那便是「活人劍」。

再講深入一點，這個東西在心意六合拳的體系中稱之為「內三合」的範疇；很多人對於內三合的理論只知道「心與意合、意與氣合、氣與力合」的那一套，其實心意門內對於內三合的講法還有另外六個字訣，那便是「開心」、「調（動）意」與「起念」三步驟。

「開心」講的是將心裏頭的一道閘門打開；「調（動）意」講的是心門打開之後讓意識流自然流出，不過老衲用現代名詞解釋，這邊講的「意」不是用頭腦思考與想像的意識，而是平時體察不到的「潛意識」的流動；最後一個「起念」，講的則是念頭生起時的「善」與「惡」。

這個「念」並不是一種想像中的東西，而是真的可以感受到的一股不知道怎麼說的電磁場，大約是包覆在人體外圍的一種感覺，每個人的形狀重量質感都不相同，有些人對此相當敏感，也有些人對此不太敏銳；不過可以講一個常見的現象去解釋它，大概就相當於你在超商排隊的時候，如果有陌生人排隊時靠你靠得太近，你會有一種不舒服的感覺，這個時候其實陌生人並沒有實際觸碰到你的身體，但可能已經觸碰到你包圍在身體外圍的那一層「念」了，所以你會有一種說不出的不適感。

如果可以體察到包圍在人體外圍的這一層「念」的時候，那麼你就可以更明確的感知到：當你在拳頭裏注入的是傷害人的惡念亦或者是想要幫助人的善念時，這個念的質感是明顯不太一樣的，這也是老衲一直說：「意念是一種很實質的東西」——心向善，人生的道路便會越走越廣，反之心向惡，人生的道路便會越走越窄。

對了，說到這裏如果你還是聽不懂的話，建議可以去看漫畫《HUNTER X HUNTER》這部作品，裏頭有對「念」做更進一步的解釋，哈哈哈哈！

當然，強調活人劍的同時並不是說殺人刀不重要，老衲只是認為這是一體兩面的東西，偏重任何一方都不好；練武的人品德很重要，因為武功練的就是踩在這殺活之間一線上的玩意，心練偏了，人生越走越偏，不如從一開始就不要練武功。

說的有些玄虛了，不過即使武功方面的境界看不懂，這些人生的道理還是很重要的；一直想寫這篇文章卻懶得提筆，恰逢時機，今天寫出來一些老衲對於人生還有武功的想法，一家之言，與大夥共勉。

結散——「怎麼區分剛勁、柔勁，陰勁與陽勁？」

老衲最近一件事接著一件事忙得不可開交；好不容易今天下午緩過氣來休息一下，忽然手機咚咚咚，發現被「金老ㄕ的教學日誌」標註，要老衲回答一個問題：「如何區分陰勁與陽勁？」——這問題看來簡單，但深思卻很有意思，值得一說。

不過在說陰勁與陽勁以前，先讓老衲說說另一個很容易混淆的概念：剛勁與柔勁。

怎麼分剛勁柔勁呢？老衲以為很簡單，直線發力便是剛勁，曲線發力便是柔勁；直線發力何也？最能代表直線發力的運動莫過於健力；在健力運動常見的動作中，不管是硬舉深蹲肩推胸推等等，為了要對抗「直線向下」的地心引力，人體必得做一個垂直於地面直線向上的抗力運動，所以說到直線發力，最容易理解的型態肯定是健力訓練無疑。

說完直線發力，而曲線發力又該怎麼理解呢？老衲常舉的例子是舞彩帶；在舞彩帶的過程中你的發力運動肯定是曲線的，這麼一來給旁觀者的感覺即是「柔」了，而相較於健力運動那種直線性的發力，則通常會被稱呼為「剛」。

但是，在拳術的發力運用當中剛與柔的界線沒有那麼清楚。好比擲鐵餅或者是扔標槍，那動作到底是柔是剛？其實很難說得清楚的。而這也是高手與低手的分界點，高手「剛柔相濟」，而低手不是過剛而失之僵，就是過柔而失之垮。

說完剛柔，再來談比較深入的陽勁與陰勁。

在中國人的華夏東方式哲學中，陰與陽是一種哲學性的代表符號，而既然是符號，那麼推論時必得先定義它在此處的定義。老衲以為在拳術中，「陽」通常代表的是「看得見」的東西，而「陰」則是多用於表示那些「看不見」的玩意。

定義完陰陽，那麼陰勁與陽勁便很好理解了。

陽勁指的就是那些看得見的發力。好比說這個人的拳頭夠硬，那麼發力便大；又或者說這個人的肌肉強壯膀粗腰圓，那麼這個「陽勁」也肯定夠嗆；再深一步說，如果這個人原來的體格並不夠壯，可是他揮拳的速度夠快、腰轉帶胯腳旋的離心力夠強，那麼揮拳揮出來的力量也會夠強——有心人到這兒肯定會發現：這些都是「看得見」的東西。質量夠、速度快、硬度強，甚至是有些擒拿摔跤用力角度槓桿等等；以上種種這些「看得見」的因素聚合起來而發揮出來的勁力，在傳統上老拳師們將它稱為「陽勁」。

陽勁好理解，但陰勁就不好理解了。又其實，不好理解也是正常；畢竟「陰勁」是指那些「看不見」的玩意。而據老衲所知一般傳統上講的陰勁有兩種：勉強可以說是

「散法」與「結法」，且聽老衲一一數來。

這個散法是甚麼呢？就是打上了以後，雖然力道很大，可是被打的肌肉反而會放鬆脫力，一點不疼；而結法則是散法相反，用結法一打上人了之後，肌肉的內部組織會糾結起來，而造成一種內部較長久性的破壞。這種破壞如果從外部來治療，效果很難直透被破壞的內部肌理——所以很多人會稱這種表現叫作是「內傷」。

這兩種打法說來神奇，但其實應該是絕大多數人都能夠體會理解的；這「散法」好比是高明整骨師的用力方式。真正高明的整骨師他用的力不是「推」，而是比較接近於「拍」。施術者一拍之下力道直透骨節，而且一拍就開，而受術者在一個瞬間的震動之後頓覺渾身舒爽，妙不可言。能夠將力道打進去人體來幫助深層肌肉放鬆，這裏頭用的力就是「散法」；老衲相信即便在現代，還是有許多整骨師能夠施作這種絕妙的力道的，並不神奇。

如果明白了「散法」之後，那麼明白「結法」應該就不費吹灰之力；其實結法不過就是散法的相反，如果能夠將力道拍進人體裏去幫助深層肌肉放鬆，那麼肯定有一種方法可以將力道拍進人體裏去讓內部筋膜肌肉糾結團硬起來——這種方法在過去的武林中常常被稱為「毒手」、「黑手」，老拳師們非遇到善人不傳。但老衲同樣相信即便在現代，仍有許多武功高手掌握著這種力，只是各門各派的訓練方式有所不同而已。

值得注意的是：以上所說的「散法」與「結法」，其用力的巧妙都不在於外觀；無論你在高手身旁看多少次，你都看不出來他哪一次要用哪一種勁的。因為這完全無關於那些「看得見」的東西，與腰轉的角度、背肌的用力、揮拳的姿勢……等等這些完全無關，而切換的關竅只在一些「看不見」的玩意，所以被過去的傳統拳師稱之為「陰勁」，其來有自。

老衲常常感嘆：傳統拳術的東西其實很實在，只是被一些跳樑小丑給搞得烏煙瘴氣的。老衲講東西向來不尚花巧與玄虛，用大夥可以理解的日常大白話給講大夥聽，希望能夠「武普」一下，推一推傳武的內涵。如果老衲的努力能使更多一個人能夠以更寬容的心來看待老祖宗傳下來的傳統武功，那麼老衲心願足矣，作夢，也會偷著笑也。

Chapter. 22

我的一生，就是一個不斷被人拋棄的故事。

打從我有記憶以來，便都是在陌生人家中過的；第一個家的主人，我叫他們做阿姨與姨丈。阿姨與姨丈有三個小孩，都是男孩子，我那時候叫他們大哥、二哥、與三哥哥。三個哥哥都是純正的撣族人，從小講的是撣語，我雖然跟他們一樣也是從小講撣語長大，可是他們總是欺負我，說我長得不一樣，叫我睡在廢棄的床板底下；那片床板是被扔在茅坑旁邊擋風用的，臭得很，但他們不讓我進房睡，每次都讓我在茅坑旁邊那塊擋風的床板下睡。他們說，我是雜種，是中國人強姦撣族女人生下來的雜種，說我身上的味道跟茅坑一樣，靠在茅坑旁邊睡覺，正好。

那時候只有老寧奴兩個禮拜會來看我一次，她教我寧奴拳法，還跟我講了很多我媽媽寧奴的故事。老寧奴說，我媽媽原本是整個寧奴族中對拳法最有天份的人；老寧奴很喜歡她，想把一身本事都教給她。可是我媽媽有一天，在河邊救起一個奄奄一息的中國人，幫他養病，幫他治傷；結果這個中國人不知好歹，將我媽媽騙走了，離開了寧奴族。我媽媽跟那個中國人一起離開的時候，甚麼也沒帶走，連她當年最喜歡的一塊老寧奴織給她的地毯也沒有帶走；當然，她也沒有帶走我。

老寧奴說，我媽媽離開寧奴一族以後，族裏的長老認為我不吉利，他們說寧奴一族的女人是至高無上的，怎麼會跟著外頭的野男人跑了，還拋下孩子一眼不顧呢？這孩子流的是不祥的血脈，應該要拿去「祭龍神」。

喔，你問我甚麼是祭龍神？聽老寧奴說，那是寧奴一族的傳統；那片河域上原來有一種水陸兩棲的大蟒蛇，寧奴族管牠們叫「龍神」。這龍神我也沒見過，神出鬼沒的，據說身長至少十七八尺，遍體黑鱗，雙瞳碧青，還會吃人；常常弄翻寧奴族來往各船屋的船隻，將人拖進水裏以後咬死。

後來一次，寧奴族來了一位從東邊過來的降頭師，寧奴族的長老跟那位降頭師說這樣的情況，說他們族中的人常常在河道上被龍神給將船捲翻，將人咬死；而且那龍神還特別喜歡吃七歲以下的孩子與女人，好幾家人最近都給龍神吃了，整個河道上的船屋間哭聲一片；寧奴一族的長老們請降頭師幫忙想想辦法，看能不能解決這事。

那個降頭師說，可以。他藉著長老們的幫忙尋到龍神們居住的一個水中的地穴，給龍神們下了降頭；降頭師與龍神約定，以後讓寧奴族一年獻祭一個活人給龍神；但是在這一年之中，龍神不可以再出來侵擾寧奴族生活的河道。就這麼著，第一年寧奴族便獻祭了那時提出這個方法的長老，結果那一年中，龍神果然沒有再出來；於是一年一年，寧奴族的長老們每年會開一次會，決定當年要讓誰出來祭龍神，好保寧奴族一年的平安。

總之呢，寧奴族的長老原本要判我那年去祭龍神，可是老寧奴偷偷地將我偷出來，寄養在這個不知道是誰的阿姨與姨丈家裏。老寧奴說，他們對我雖然不好，可至少比我的親生媽媽好，我媽媽連我也不要了，連一塊臭掉的床板，也沒留給我。

那是我第一次被拋棄，被我的親生媽媽。

後來呢，在我七歲那一年，我被老寧奴帶去見坤沙叔。坤沙叔一見到我很高興，安排我一間很舒服的房間睡覺，棉被是鬆軟的，床鋪是香的，甚至還有枕頭，更還讓幾個姊姊伺候著我洗澡，哈哈哈哈，那天我的心情真是好，但又是五味雜陳。坤沙叔叫他的手下給了老寧奴很多錢，對老寧奴說，他交代她的事情老寧奴做得很好。

也就是那天，我看著老寧奴那副看到錢時眼睛裏的饞樣，真像是貓兒見了魚腥；我知道我又被騙了。原來老寧奴對我的好，全是坤沙叔讓她做的；老寧奴之所以教我寧奴拳法，全是出於坤沙叔叔的安排。我原來還以為她是真的念在與我媽媽相識一場，師徒一場呢！還說甚麼阿姨姨丈讓我睡臭床板是為了我好，考驗我磨練我，事實上她們根本沒有把我放在心上，只是餵著我不讓我餓死而已，坤沙叔給她們的錢都不知道被她們花去哪了。

總之呢，我後來就跟著坤沙叔，叔說，我的拳法已經練得很好了，就是體格還沒長大，所以打不過他那幾個手下；坤沙叔給我一對短刀，讓我帶著睡覺，他說他雖然沒學過武功，但他覺得我的武功與短刀匕首是可以互通的，可是呢我太習慣空手了，他叫我要習慣兵器。他說玩槍玩得好的人，老是覺得槍是他身體的一部分，坤沙叔要我隨身帶著他給我的短刀，連睡覺或是練拳的時候也不可以離身，要感覺它們是我身體的一部分。

為什麼坤沙叔不教我玩槍？因為才沒過多久，他便要我去富國島找那個老兵認親，去台灣做他的臥底。他說幹這事帶著槍不方便；而且他說以後那個老兵會教我槍法的，他是黃杰手底下槍法最好的人。

我離開坤沙叔部隊的那天，我記得那次是我最後一次哭；我求坤沙叔不要讓我走，我想留在他身邊幫他做事。可是坤沙叔不肯，他叫我去，像個男人一樣，要長大，坤沙叔說他有情報，當年那個把我媽拐走的中國人，現在正住在台灣。

「你到時候可以找那個中國人報仇。而且我收到情報，黃杰被蔣光頭接回去以後會調入警備總部當頭子，你跟他先在富國島時就打好關係，到時候你求他讓你在台灣警總裏幹一點小小的外勤職務，以我了解的黃杰，他不會不肯的。台灣的警總就像我這邊一樣，想幹甚麼就幹甚麼。你在台灣把我交代的事情做完，到時候你若是還想回來，再回來陪我養老吧！」我還記得，這段話是坤沙叔叔一邊幫我剃頭一邊說的，他說從這裏要穿過叢林去富國島不容易，有沼澤有瘴氣，頭剃了比較乾淨，不會長蝨蟲。

Chapter. 23

那個老兵姓黃，廣西人，壯得很，一臉鬍渣，眼睛很大，雙目炯炯有神得有些嚇人。他見到我很開心，讓我叫他爸爸。

「爸爸。」

那是我第一次喊人爸爸，很奇怪吧？那個強姦我媽帶走我媽的中國人，我從來不覺得他是我爸爸，連我在夢中時也沒有喊過他。這時候看到那個老兵，他讓我喊他爸爸，我便喊了，一點拗口的感覺也沒有。

反正我也從來沒有擁有過一個爸爸，爸爸是誰，那又何妨。

爸爸雖然壯，可是我後來知道他那方面有點毛病，所以前後幾個老婆都跑了；爸爸說他沒法子，他十幾歲便給國民黨拉夫，一入部隊，那排長見他眼睛生得大，便讓他去游擊隊上當狙擊手；他說他其實害怕得很，每次打野戰埋伏，他都怕背後忽然出現日本人幹了他。長期精神緊張下來，便落下了這毛病。

爸爸說他們老黃家到他是獨子，他離開家前他的爸爸也就是我的爺爺，曾經給他買過一個媳婦；可是他說，他都還沒爬上過那媳婦的床一次，他就給國民黨拉夫拉走了。

「哎，兒子，我後來幾個老婆都是接人家不要的，唯一那個我爸爸買給我的媳婦才是處女。可惜我沒福份，一次也沒搞過她；到後來想搞處女，這話兒卻也沒用了，有心無力。」爸爸拍拍我的肩，他是粗人，講話難聽得很，又說：「等到台灣以後，爸爸供你好好上學，以後讓你娶一門處女媳婦，好好光宗耀祖一番。」

我聽了這個話，真是哭笑不得。那時我在坤沙叔的隊上聽那些叔叔手底下的幾個硬手說，每次辦事只要給坤沙叔辦得滿意，去叔管的地盤村裏鎮上隨便拉年輕姑娘來玩都可以的，有人喜歡玩沒經驗的處女，也有人喜歡玩有經驗的蕩婦，各有所好。爸爸居然將我的人生目標訂在娶一個沒性經驗的處女當老婆，實在好笑，難道我的人生只是如此而已？

不過爸爸在一開始還是對我很好的，他叫我不要用我原來的名字，要跟著他改姓黃，「你這小夥，生於戰亂之中，蕭民說你原來的爸爸媽媽都長得俊，以後肯定不得了。這樣吧，我給你取個新名字——叫黃安，期許你這輩子平平安安！你看怎麼樣？這名字你喜歡嗎？」

我笑一笑，沒說甚麼。名字不過只是一個代號，叫我甲乙丙丁都可以的，有甚麼重要的呢？

到了台灣以後，我在爸爸的戰友趙伯伯的幫忙下報好了戶籍，也上了幾年學；後來黃杰將軍果然如坤沙叔所料，升了官，還接掌了警備總部。而他一當上警備總部的頭子，立刻私下換了一票他的老戰友進去，爸爸與趙伯伯還有幾個與黃杰將軍當年曾一起在富國島駐紮的老部下，通通進了警備總部養老。

那時黃杰的近衛警衛團幾個叔叔伯伯，都與我爸爸是老相識。我私下跟一個叔叔說，讓我進去找黃將軍，我也想進警總做事。那叔叔大笑說，黃安你才十幾歲，好好念書吧你。

我冷笑，坤沙叔給我的短刀我一直藏在身上，「叔叔，我給你看一個玩意。」我話沒說完，手中一翻已經多了把刀，跟著刀光一閃，將那叔叔褲頭的釦子給挑掉。

「我知道你們平常做的是甚麼事。我還小，你們派我去跟監的話，對方不會注意到；即使他注意到了，我也有足夠能力自保。」我冷靜地緩緩說道。

那叔叔拉著褲頭，撿起釦子，盯著我的臉看了很久，表情很嚴肅。「黃安，你知道你在說些甚麼？要不是我跟你爸爸老黃是……」

「我很清楚我在做些甚麼，我想為國家效力，我真的想。」我不疾不徐地說：「我知道總部裏頭有些體制外的編制，我做那些工作就好；不然黨的很多工作老是交給那些不專業的幫派組織去執行，做得不漂亮，事後也對政府的面子上不好看。」

那叔叔嘆了一口氣，拉著我，終於帶我進去見了黃杰將軍。

我進去部裏工作以後，爸爸看我的眼神就不一樣了，可能是有些怕我，也有些厭惡我。不過我想最大的原因還是因為我跟他其實沒有血緣關係。

另外一個原因可能是他來台灣以後，他的那個見不得人的「毛病」似乎不藥而癒了，更扯的是，他還跟流行，跟著他那群老弟兄一起去山上買了個山地女人回家當老婆；山地女人開放，夜夜叫，吵得我簡直沒法好好睡覺。我跟爸爸提過幾次，爸爸眼睛一瞪，說我翅膀硬了，居然年紀小小還敢幫黨做事，叫我滾出去，去街上睡去；爸爸說他的人生沒剩多少年了，要把握機會好好享受。

那一天我在街上轉了轉，忽然想明白一件事情。那個在富國島上摟著我叫我兒子的爸爸已經死了，只是他的形體還在而已。而我轉念又想，這不對，他又拋下了我，去找山地女人歡樂了。而我呢？我有危險。

我在身分證上登記的名字是黃安，父親欄寫的是爸爸的名字；可這是爸爸的老戰友趙伯伯當初幫我報台灣戶口的時候登記的，看文件的確是天衣無縫，但，有一個地方有大問題，那便是爸爸自己是知道的。

爸爸知道我不是他的兒子，而那個山地女人天天晚上這麼叫法，遲早給爸爸叫出一個真正的兒子出來，那麼到時候我就危險了。而且不但我危險，可能還會牽扯到坤沙叔叔，到時候……

我那天想來想去，最後下定決心，去部裏找軍醫拿了一點藥，回家偷偷摻在爸爸的血壓藥裏。果不其然，第二天早上，我只聽到那山地女人的尖叫，再也沒有別的亂七八糟的叫聲了。

哈哈！

Chapter. 24

宰了那姓黃的老不修之後，我給他匆匆地火化了。原來那傢伙在軍中在部裏人緣都不錯，可是他們那幫人一聽說我現在的工作，也都不敢催著我要辦追掉會，火化便火化了吧，反正人死為大，父老從子；以我現在在部裏的工作身份，人人避之唯恐不及，誰還敢來跟我囉唆什麼。

現在想想，當時這麼了結，我自以為天衣無縫，可惜唯一的失算是讓那個愛叫的山地女人就這麼走了。我那時猜她應該是回山上去了吧，又或者在城市裏找個粗活繼續幹，待著，幸運的話也許能再找一個人嫁。我當時想啊，一個山地女人算得了什麼？拿什麼東西跟我動？哎，幹這行真的一個失誤都不能，要不是她，我現在也不會給你們抓著。

後來我便一邊上學，一邊做著部裏安排的工作。不要以為部裏的工作都是很社會的，其實學校裏的工作也很重要，在學校裏觀察特定人士，還有吸收安排一些孩子，這些工作量也是很吃緊的。

對了，那時候最有趣的一件任務，便是跟監一位反對黨的作家。我還記得當時部裏的命令一下來，我咕噥著，這算什麼，寫寫文章也有事情？那長官說：「筆桿有時勝於槍桿，孫子兵法說，兵者詭道也，攻心為上。煽動人心的人，有時比那些真的明刀明槍幹革命的人還可惡。你不知道嗎？當年老毛要不是寫文章寫得比咱們總統寫的更加煽惑人心，恐怕大陸也不會丟得那麼快……」

那對話是在一間萬華的破舊電影院裏，一場午夜場，整個包廂裏沒人，但我還是壓低著聲音回他道：「嘿，老毛寫的文章是他自個兒的手筆，深入淺出，農民土鱉都看得懂；可咱們總統的文章是出自那呆頭鵝陳布雷的傻屌假文學，咬文嚼字得像個老太監。兩者之間天差地別，完全不是同一個檔次的。」

那長官是浙江人，也姓毛，一拍把手，大讚我道：「還是你這小子懂的事多！是啊，還是我們老毛家的人厲害。咱總統雖然英明，可是有些事情放不開；就說那一筆字寫得規規矩矩的。而咱們老毛家的人就不一樣，寫字奔放自如，氣魄的確是大得多的。」

「是是。咱們總統的字是師承歐陽詢的正楷，不過老毛的字據說是學李白的，自出機杼，瀟灑天真，狀如《九陰真經》中的蛇行狸翻之術，不是凡品。這兩人一個學李白，一個學歐陽詢，怎麼能比呢？」我忍著笑，隨口胡謅說出一番典故，要弄這大老粗繼續說出心底話。

果然長官點點頭，雖然他聽不明白是什麼意思，可是做長官的就是喜歡不懂裝懂，繼續說道：「你說的果然有道理，不過，咱家的老毛寫字是學李白的？這我可沒聽說過啊……」

「前幾年有個人向老毛獻出了失傳已久的李白書法，據說全中國只此一件；老毛一看大喜，日日臨摹不輟。這件情報是我最近從對面的線人那裏聽來的，還不是很多人知道。」

長官拍了我肩頭一下，道：「你這好孩子，小小年紀，簡直是搞情報的天才，比我還厲害。看來我這位子有一天是給你坐定了。」

我當時微微一笑，並不作什麼表態；這長官老是仗著他們姓毛的族長過往在軍中部裏的關係擺姿態，耍特權，我早就想弄掉他很久了。只是過去那幾年他老是防著我，這兩年我給他幹了幾件貼心的骯髒事，他才在我面前漸漸放下心防，說出心底話。

「哎，咱總統來臺灣以後，越來越是荒腔走板。前幾年……居然還叫人弄死了咱老毛家的族長，這……這冤去哪說呢……」

我輕輕拍著長官的背，一邊拿出手帕給他老人家擦了擦眼淚，一邊心中暗笑，幹特務的你居然還有眼淚，真不敬業，難怪離死不遠。過兩天我就將那天的秘密錄音整理好，給上頭呈上去，從此便再也沒有見過這人了。

其實幹特務沒什麼訣竅，第一要讀的書夠多，跟任何人都搭得上話；第二要演技足夠精湛，演販夫走卒演王公貴族，只是轉瞬間事切換自如；最後一項技能便是要能誘使人說出心底話，這個難，要有一點天份，更需要天生長得老實讓人肯相信。不過呢，最重要的還是要多讀李宗吾的《厚黑學》，臉厚心黑，無往不利。

除了我那長官之外，那個作家最後也還是給我們弄進去了。不過我與他打過幾個照面，這人不簡單，肯定不會乖乖地給關著關一輩子的。他那種氣質與我是同一類人，是個為達目的不擇手段的豺狼之性，一給他鑽到一點空子，肯定又會出來攪得世界大亂。照我說啊，這種人直接槍斃得了，黨的想法有時還是太婦人之仁，跟楚霸王項羽的毛病一樣；老頭子比項羽好的，不過是他肯過江東而已。

除了那作家的案子以外，就是那陽明地宮裏的頭痛人物了。那頭痛人物不知怎地，那時一直寫信給一個叫做朱鳴的人，裏頭完全是與他探討有關明朝歷史與錦衣衛的故事，據說信裏還寫了很多與武功相關的東西。部裏負責的長官看不懂，調我轉去負責那個案子。

我花了四天時間，好好拆解那頭痛人物寫給朱鳴的信。原來這頭痛人物那時迷上了明史，不知從什麼管道知道了朱鳴這個人；朱鳴他自稱是朱元璋的後代，所以知道很多朱家秘史與錦衣衛武功的來歷。頭痛人物一聽到有如此人物在台灣，當然來了興趣，他不敢寫自個的真名，只好用了一個筆名「長白山人」寫信給他，兩人探討研究，居然交上了筆友，信裏惺惺相惜，互稱彼此兄啊弟啊的好不親熱。

我看完那些信以後，決定去會一會那個叫做朱鳴的，他讓我渾身很不舒服……一個會武功的中國人，讓我想到那個強姦我媽媽又帶走她的男人。我的寧奴功夫已經很久沒有出鞘了，要拿出來試試這人到底是龍還是蟲……若是真打不過他，哼，我還有刀。

帶著這種心情，在一個冬天的晚上，我去按了朱鳴家的門鈴。

Chapter. 25

鈴鈴鈴鈴，老衲與桐九正要聽朱四爺爺好好說明白：陳氏太極與楊氏太極的知覺點到底哪裏不同的時候，朱四爺爺家裏的門鈴突然響了。

老衲起身離座，穿過玄關開門，鐵門一打開，背後原來是桔梗。

「老衲，你們今天練完沒？我帶了你最喜歡吃的冰豆花來。」桔梗一見門後便是老衲，立時笑靨似花，提著五碗冰豆花便跨門跨進了朱四爺爺家。「等等，」老衲注意到有些不對，皺眉說道：「你怎麼買了五碗呢？我們只有……」話沒說完，老衲才看清楚桔梗後頭站著的那個人。

「老衲我跟你介紹，今天的豆花是他請的喔！他說他叫黃安，是四爺爺的忘年之交；很久沒過來看四爺爺了，今天下班恰好順道，到巷口的那個豆花攤位想買碗豆花上來請四爺爺吃，沒想到剛好遇到我。」桔梗興致沖沖地介紹，卻沒想到那個叫黃安的人在桔梗的背後輕輕地盯著老衲看，這一看，把老衲驚出一身冷汗。

這種感覺其實說起來非常奇妙，細究起來你並無法確知這種第六感究竟是從何而來；可說要說是沒有嘛，那又的確是有。就是一種人類遇到危險氣息的同類會有的一個打激靈的直覺反應。其實人人都有，只是或輕或重，又或者你根本從未去注意到它而已。

說得遲，那時快；老衲一感覺這種不安反應，俺的目光便在一瞬間從桔梗身上轉到了那名叫黃安的人的身上。但很玄乎的是，當老衲的目光與他一相對，這人身上的那種令人不安的危險感卻也立時消失。而那種危險感覺一消失之後，這個叫黃安的人瞬時變得像一隻乖乖的小白兔，又或者是你每天可以在馬路上看到的無數不起眼的普通路人，你的確有「看」到這些路人，但其實你並沒有真正「看見」這些路人。

那個叫做是黃安的人伸出手來跟俺握手，邊握邊說：「原來你就是老衲呀！功夫練得不錯，我一時忘了將東西藏起來，居然給你注意到了。」

老衲被他這句話說得一頭霧水，可還是與那黃安握了一下手，答道：「其實俺也不知道那是甚麼，您謬讚了。請進、請進。」於是說著話，接過桔梗手裏的五碗冰豆花，帶著她與黃安進了朱四爺爺的門房。

豈知老衲才帶著桔梗與黃安進來客廳裏的木椅上坐下，朱四爺爺便從練功房出來；他一見到那黃安，臉上像是刷上一層嚴霜，雙眉一軒，沉聲問道：「逆徒，你還有臉來見我？」

那黃安卻是不慌不忙，說：「朱先生，您是我負責的犯人，偶爾來探望一下矯正過後出獄的犯人有沒有改過自新，應該是我份內的事情。」

「你管不著。」朱四爺爺冷哼一聲，又道：「現在你看到了，看完了嗎？可以滾了。」四爺爺說完，一抽椅子站起身來，便做一個送客的手勢。

老衲那時與桐九從未見過朱四爺爺對人如此冷漠的樣子，心中雖然已經隱隱約約猜到甚麼，可都不敢出聲；倒是桔梗與四爺爺親，無所顧忌，出言問道：「唷，四爺爺你跟他怎麼啦？他說他是你的朋友，我以為你們還有聯絡……」

朱四爺爺一拍掌，罵道：「他說他是我朋友？哼，我朱鳴生平沒有這樣的朋友；更何況武行尊卑有序，他當年……他當年可是給我行三跪九叩大禮，拜我為師的，他現在居然自稱是我朋友？呸！」

話聲剛落，四爺爺轉過身來對著又對著老衲與桐九說道：「老衲、桐九，你們到處去問我收的那個逆徒是誰；現在看清楚了，就是這個人。他是警備總部的走狗，專門幫蔣家幹一些見不得光的事。他的化名很多，剛來我這的時候，說他叫做慕容生、又名慕容罷了；後來他把我押進警備總部裏以後，我才知道警總裏頭的人都喚他黃安！哼，這小王八蛋，連名字都騙我。」四爺爺說到激動處，滿頭銀髮顫動；桔梗怕老人家氣出病來，不得不扶著他就他那張太師椅上坐了下來。

老衲聽完這話，看看四爺爺，又偷望望那黃安師兄，當時只覺得尷尬無比。說立場嘛，那俺肯定是要幫朱四爺爺的；可是這位黃安師兄的來歷感覺高深莫測，而且居然有一個化名是複姓慕容的……這姓墓容的人不多啊……怎麼左一個慕容右一個慕容的，莫不是……老衲生平壞就壞在這個個性，生性好奇，凡是有稀奇古怪的事情不打破沙鍋追問到底便是渾身不自在。若是幫著四爺爺轟走罵開這黃安師兄，那麼肚子裏頭的一大堆疑問豈不是問不到了嗎？俺那時左看看四爺爺，右看看黃安師兄，搔了搔頭，一時的伶牙俐齒忽然消失得無影無蹤，只能白白讓氣氛尷尬地卡在那個不上不下的原點。

倒還是桐九要得。打從那黃安師兄進來以後，都一直定定地望著他，好似看到一個許久不見的老朋友一樣；見到大夥都不說話，他面容鎮定，行動如常，拿起一只沒用過的乾淨茶杯，從茶壺裏倒出熱茶，斟滿一杯，放在那黃安師兄面前，說道：「師兄來者是客，請先用茶。」

在桐九倒茶的同時，俺見到四爺爺幾次嘴唇掀動，卻都忍下了不叱喝；俺想：四爺爺都沒說話了，俺可也不好意思責備桐九這個倒茶給生生功叛徒的行徑。

「一般來說，我在外面是不喝別人給我倒的茶。」那黃安師兄看著桐九，笑了一笑，從懷裏揣出一只小藥罐，打開蓋子，倒了三粒黑乎乎的小藥丸出來，含入口中；這才端起那只桐九給他倒的茶來，淺嚐了一口，說道：「但是如此美人給我倒茶，沒有退卻的道理。我最初只聽說朱鳴門下多收了一個關門小師弟；沒想到今日一見，卻原來是一名喜歡女扮男裝的小公主啊。」

Chapter. 26

老衲當時一聽到黃安師兄如此說法，便知大事不妙；要知道桐九生平最恨人家提起她是女人的這件事，又加上她長年理短頭髮做男裝打扮；出門比武又爭強好勝，周圍的朋友沒幾個敢在她面前提起這件事的。

只有桔梗偶爾還是不太高興，常常私下跟老衲說：「欸，你跟那個李桐九不要太好又走得太近；她……她畢竟是一個女人，你們……」

老衲雙手亂搖：「天地良心，俺與桐九只是兄弟之情。加上俺現在住的屋子，也是得她奶奶的幫助才住下的；俺對她只有感激之情，沒有其他的一點點甚麼的。」

「看你急得那樣子；」桔梗對俺翻了個白眼，又道：「好啦，我知道你向來喜歡長髮飄逸女子，對桐九那種理平頭的男人婆不會有興趣；只是我身為你的女朋友，看到你跟另一個女孩子那麼好，還就住在隔壁，心底總是會有點不舒服。」

老衲嘆了口氣道：「哎，其實俺也搞不清楚桐九的性向。要說她是女同性戀嘛，俺也沒看過她跑去交其他班或者是校外的女朋友的；但要說她喜歡的是男人嘛，她那副打扮，又……」

桔梗在老衲頭上打了個爆栗，道：「你管人家，管她喜歡男人喜歡女人，都與你無關好嘛！」

「阿彌陀佛。」老衲只得高宣佛號：「俺自從交了桔梗這個女朋友之後，舉目望去，塵世滾滾的女人們已盡是骷髏白骨，再也動不了俺的凡心。」

扯遠了，說回那次與黃安師兄的初次會面。

當時老衲一聽黃安師兄哪壺不開提哪壺，便已心中暗叫不好，果不其然，桐九一聽這話，臉上刷地罩了一層嚴霜；不過她的性格向來不如老衲張揚，雖然心中不高興，卻也只是低聲地哼了一聲，道：「你好敢說話。」

黃安師兄卻恍如沒感受到桐九的不滿：「女人就女人，男人就男人；真搞不懂為何這個新時代的小朋友有許多人都男不男女不女的。明明是男人嘛，又愛做女人裝扮；明明是女人的，又故意打扮得像一個男人一樣。」語罷，他挑眉看著桐九，又道：「看妳原來的長相應該也是頗為清秀，在這世上做女人比做男人不費力得多，妳又何必……」

師兄的話還沒說完，便被桐九截下話頭：「誰說做女人比做男人輕鬆的？」

「女人嘛，找一個男人養著她……」

「閉嘴！你根本就不懂。」桐九一雙金黃色的瞳仁閃耀著怒氣，瞪著黃安師兄：「在這個世界上，女人要承受的永遠比男人多得多，你根本不知道。」桐九語氣嚴厲，俺認識她這麼久，還第一次見她有如此激動情緒。

黃安師兄卻依舊是那副平靜如水的欠揍模樣，回道：「是嗎？依妳這麼說，女人這麼偉大，妳又何必眼巴巴地天天扮作男人模樣？拼命學武？妳拼命練武是為了甚麼？是為了妳那當年在上海灘貴為名妓，來到台灣卻只能窩在眷村裏到處給正經人瞧不起的那個祖母，是嗎？」

老衲當時聽到這話，忍無可忍，一拍椅子扶手便要出手，誰知桐九卻比俺還快得多，一陣勁風從老衲側臉旁邊掃過，一式太極拳裏的高探馬，桐九變掌為指，直取黃安師兄的眼珠。

黃安師兄卻連站起身來都沒有，用掌背向外一格，便化解掉了桐九的那式毒招高探馬，隨即起一記中門踹腿直取桐九腹部；老衲在一旁看得真切，見黃安師兄在俺面前一腳踹向桐九，忍不住出手相幫，雙手在旁用力一推，將黃安師兄的腿推歪了方向。

老衲那時與桐九日日在一起練武，雖說是第一次共同迎敵，卻已有相當默契；桐九見老衲雙手一推將黃安師兄的踹腿震開，便知下盤有老衲的照應，更不打話，她雙手一繞，運起太極拳的圈中圈，一式如封似閉將黃安師兄格檔的手臂捆繞其中，微微偏身，一記撇身反捶便從縫隙處打了進去。

桐九那時生生功的功力已然上身，黃安師兄原來瞧她個子小小，又是女性，不怎麼將她的功夫放在心上；沒想到用力一抽被桐九攔住的手，居然抽不出來，說的遲那時快，實戰時千鈞一髮之際根本不容得思考，黃安師兄只能一低頭就往地上一打滾，撞開廳中的小茶几；一時間茶几上的茶碗瓷盤還有紙盒裏盛的冰豆花等等全被撞得撒開一地，杯盤狼藉一地濕滑，可終究閃避開了桐九的那記撇身捶。

黃安師兄在地上一個側滾後翻身彈起，雖然身上沾了些撒在地上的豆花，神情卻一點也不狼狽，仍舊氣定神閒，說：「兩個人一起上吧！不過我要用刀了。」老衲聽黃安師兄如此說道，這才瞄到他左手上已拿著一把匕首，又聽他接著說了下去。「這把刀我是先亮出來明白告訴你們。不過呢，我還有一把刀藏在身上，等必要的時候會再拔出來……」黃安師兄說這話的時候眼神挑釁，似笑非笑地看著桐九；而桐九那時氣得瘋了，根本不管師兄手上有刀無刀，一咬牙便要直衝上去與他拚命。

「桐九！」

四爺爺一聲斷喝，身形一展，手也已經緊緊拉住桐九，「桐九，妳先坐下。」四爺爺將桐九拉著到老衲身邊坐下，又讓老衲看好了桐九，才轉過去與黃安師兄說：「你這個混帳，到我家顯功夫來著？」四爺爺一指門口，咬牙按捺著怒氣，說道：「滾出去。」

黃安師兄一耍手中的刀，拉開薄夾克，將刀還鞘，說道：「沒事沒事，我今天就是來看看小師『妹』的。朱先生要我走，我就走。」說著便走到玄關，拉開四爺爺家的大門。

老衲那時候見到黃安師兄拉開大門一隻腳已經踏了出去；心底正鬆一口氣，想說這太歲終於要走了。沒想到黃安師兄忽然又像是想起甚麼事情一樣，頭一斜採，又回望著俺與桐九，說道：

「我忽然想起一件事，李桐九，妳那個奶奶從來沒有跟妳說過妳媽媽妳爸爸的事情對吧？妳知道為什麼她不跟妳講嗎？」師兄冷笑一聲：「妳的奶奶當年剛來台灣的時候在天母的美軍駐地附近開酒吧，專門接待美國人的；不過呢，那可不是一間單純的酒吧……妳那個奶奶李劍啊……當年在天母開的酒吧，一樓似模似樣，不過地下室給隔成十三間套房，那是專門給美國人找小姐消火辦事用的。」

黃安師兄盯著桐九那對金黃色的眼珠，彷彿要看進她的心底：「妳奶奶李劍當年可真是狠啊……拉台灣姑娘當雞也就罷了，連自己的女兒也不放過……妳媽媽李依依，當年就是那間色情酒吧裏最紅的一個妓女。也是嘛，妳奶奶舊時在上海便是幹這行當的；來到台灣無依無靠，讓女兒下海當雞然後自己幹起老鴇，也算是一脈相承、家學淵源了。」

「可惜，後來妳媽媽遇到一個美國人，好像以為是真愛吧？就讓他給搞大了肚子，想要藉此要脅妳奶奶讓她上岸……哼哼，她沒想到，妳奶奶是甚麼角色？怎麼受得起威脅？」黃安師兄搖了搖頭，故作遺憾似的嘆了口氣，靜默了半晌，才又說道：「我知道老衲手上有我媽媽的信，還有那個……那個男人在英國的住址與電話。我們做個交易，妳讓老衲給我這兩樣東西；我就告訴妳妳的爸爸媽媽後來怎麼樣了。」

黃安師兄說完這話，砰一聲關上大門。那道關門聲雖然只是一響，但當時俺聽在耳裏，卻嗡嗡作響地像是永不停歇。

附註：華佗門郭廷獻老師的高徒周悌兄，看到這一段故事時留言道：

「看到裏面運用太極拳的過招，大為興奮，忍不住起來比劃了幾次：

以前還真的沒想過『高探馬』可以這樣使用，只能說桐九當時真的是夠恨也夠狠了，但也因此犯了顧上未顧下的忌諱（高探馬的竅要在右腿以及左手），導致黃安能用一記中門踹腿直取腹部了。不過，之後桐九的如封似閉就好精彩，這一式的核心正是『糾纏』啊，如果在少年衲師的掩護下，不用撇身捶，而是再一次的高探馬順勢而進，黃安應該就更狼狽了。

不過，無論如何，在窄室交手，對方是高手，又拿出短刃，無論如何最好還是想法子全身而退，這時候便可看出朱四先生的經驗和修為不同一般了。」

這段話是對俺的故事中最精彩的武功註解，好比金聖嘆評《水滸》，毛宗崗批《三國》，相得益彰相映成趣，問過悌兄意見可以讓老衲特別記載在此處，感謝。

手槍——「說說那位自稱是手槍隊隊長的長輩」

一覺醒來，發現追蹤人數暴漲，不知道是不是老衲在「金老ㄕ的教學日誌」講解電影《讓子彈飛》的文章中出現，故而沾光，再此先謝過大夥的熱情。

金老師的文章講到的這時代不多見、但那個時代卻很常見的一個名詞：「手槍隊」，解釋得非常好，老衲忍不住出聲附和，說俺家族裏頭曾有長輩做過李宗仁將軍的手槍隊隊長，他也是如金老師這樣解釋手槍隊的。

長輩說他跟著宗仁將軍打過台兒莊，後來便給將軍收為心腹；當然還有一些其他暗盤裏的裙帶關係，老衲就不便明說。

不過這個職稱與經歷只是長輩的自述，老衲沒有認真去查證過；但可以肯定的是手槍隊是當時各個軍閥的近衛保護編制，裏頭的人要嘛是軍閥撿回來的孤兒，要嘛是軍閥個人的家族遠親或者師長親友推薦過來的人，個個都要是忠心耿耿而且背景清楚的，尤其是隊長一職更是要嚴格精選，以前在眷村凡是有自稱此職但是一問他跟那位軍閥的私人關係如何卻支支吾吾答不出來的，都只是在胡吹大氣而已。

印象中長輩相貌儒雅，出口成章，不過身形十分高大，約莫有一百八十幾公分，加上破百的體重，在那個時代可稱是巨人身形，確實是頭牌的門面人物。

老衲曾問過長輩騎馬的問題，長輩道騎馬是騎一種感覺，一旦抓到「騎感」，那麼即使是在馬背上睡著了，也不會摔下馬來。

長輩唯一的問題便是體型太胖，翻身上馬不易；不過當年他當手槍隊隊長時十分威風，發一聲喊，立時有幾個親兵飛撲匍伏在地，讓長輩踏著人背上馬，那真不是現在這種各式人權高漲的時代可以看到的奇景。

長輩說當年他管的手槍隊中曾經出過一名內奸，雖然彼此都是出生入死的好兄弟，可是他身為隊長，肩負保衛宗仁將軍的大任，不能錯放，更不能給敵人一絲一毫的機會可趁。

一日裝作無事，找那名內奸來與手槍隊中弟兄聚餐，餐間喝酒，長輩連敬他三杯，都是杯碰唇乾。

那內奸微微覺得不對勁，正想出言相詢，長輩一打暗號，兩邊弟兄已手腳齊上將內奸抓牢壓伏在地；那內奸發出一連串像是殺豬般的慘叫，長輩只說了幾句話，大約是罪證確鑿來世再當兄弟云云，沒等他回嘴，便掏槍將他崩了。

記得老衲當時問道：「為何您沒聽他申訴？或許他只是……」話還沒說完，便被長輩打斷，長輩只冷冷地回道：「孫立人這麼大的戰功，老頭子可曾有聽過他申訴個一句半句？咱們桂系的手段與他們比起來，差得太遠太遠囉。」

不過長輩說那一陣殺豬般的慘叫，事過境遷，仍繞樑不絕於耳。

長輩不擅拳腳，因為他說他的個頭只要一站出來，根本沒人敢動手；不過他倒是很喜歡玩槍，說以前在大陸時身上至少要帶兩把槍才能安心，其中一把慣用手的槍還要將準星磨去，以便拔槍快捷。

他說生死往往只在分毫，遇到事情拔槍先開再說；如果真有時間慢慢瞄準，再拔另一把槍出來慢慢打不遲。

天下武功唯快不破，長輩的拔槍術近乎拳理，看來是與白俄舞女的舞步運用、肌肉之妙相同，哈哈！

（徐皓峰老師的梗。）

長輩還特別喜歡吃狗肉，他說狗肉吃得不夠多的人，遇到野狗要小心，會被野狗成群圍堵攻擊撕咬；不過像他那種吃狗成癖吃過的數量，凡狗辟易，他無論去到哪裏，方圓百里內絕聽不到野狗叫嚷。

當年與長輩聊天酒酣耳熱之際，他最大的夢想不過就是宰了老頭子養的那兩頭著名的德國狼狗來吃吃看，究竟是如何美味？

忽然看到許多新朋友來老衲的版，樂何如之，寫一篇小文與朋友們分享見聞，若想要更進一步了解老衲的，請在各大通路購買《老衲作品集》一&二。

俺的書看過的人都說是神作，相信不會讓你失望的。

老衲作品集1：《說說八卦的八卦》

老衲作品集2：《慕容前輩的水路拳法》

國家圖書館出版品預行編目

流與離之島 / 老衲著. -- 臺北市 : 致出版,
2023.12
冊 ; 公分. -- (老衲作品集 ; 3)
ISBN 978-986-5573-73-7(上卷 : 平裝). --
ISBN 978-986-5573-74-4(下卷 : 平裝). --
ISBN 978-986-5573-75-1(全套 : 平裝)

863.57 112019768

老衲作品集3

流與離之島（上卷）

作　　者／老　衲
封面設計／血　力
出版策劃／致出版
製作銷售／秀威資訊科技股份有限公司
114 台北市內湖區瑞光路76巷69號2樓
電話：+886-2-2796-3638
傳真：+886-2-2796-1377
網路訂購／秀威書店：https://store.showwe.tw
博客來網路書店：https://www.books.com.tw
三民網路書店：https://www.m.sanmin.com.tw
讀冊生活：https://www.taaze.tw

出版日期／2023年12月　定價／套書 NT 600元（上下卷不分售）

致出版　向出版者致敬